Conseils spirituels aux bouddhistes et aux chrétiens

Sa Sainteté
le Dalaï-Lama

Conseils spirituels aux bouddhistes et aux chrétiens

TRADUIT DE L'ANGLAIS
PAR ANDRÉ DOMMERGUES

Presses du Châtelet

Note

Dans les mots sanskrits et tibétains, la prononciation obéit aux règles suivantes :

g	se prononce	*gu*
j	....	*dj*
ch	....	*tch*
z	....	*dz*
u	....	*ou*
e	....	*é* ou *è*

Titre original : *Spiritual Advice for Buddhists and Christians*
1re publication : Continuum Publishing Company, New York, 1998
Éditeur original : © Monastic Interreligious Dialogue, 1998

ISBN original : 2-911217-67-5
ISBN 978-2-02-054181-7

Préface

Il y a plus de trente ans s'ouvrait à Bangkok le tout premier congrès des différents ordres monastiques d'Orient et d'Occident organisé par les pères supérieurs bénédictins du monde entier. Le deuxième jour, juste après avoir terminé son exposé, Thomas Merton, moine bénédictin, mourut brusquement. Quelques jours auparavant, il s'était entretenu avec Sa Sainteté le dalaï-lama. Une intense amitié spirituelle s'était nouée entre les deux hommes. Le Congrès de Bangkok, puis la mort de Thomas Merton, marquèrent les débuts d'une rencontre spirituelle passionnante entre deux grandes traditions religieuses : la tradition bouddhique et la tradition chrétienne.

En 1977, près de dix ans après la mort de Thomas Merton, les bénédictins ont fondé le MID (Monastic Interreligious Dialogue[1]), organisme

1. Dialogue entre les ordres monastiques de différentes confessions.

officiel destiné à développer et à encourager l'échange et le dialogue, en particulier entre les membres des différents ordres monastiques bouddhistes et chrétiens d'Orient et d'Occident.

Grâce à cette structure, au cours des années 80 et 90, de nombreux membres d'ordres monastiques zen et tibétains – moines et nonnes – se sont rendus dans des monastères chrétiens en Europe et en Amérique ; parallèlement, un grand nombre de moines et de nonnes de confession chrétienne ont pu séjourner dans des monastères zen et tibétains en Asie. Des chrétiens ont dû effectuer des périples harassants en Jeep, affronter la mousson et les glissements de terrain, les pumas, les mygales, les rats, avant de parvenir à d'antiques monastères dans les sites les plus reculés d'Asie. De leur côté, des bouddhistes ont parcouru des milliers de kilomètres pour pénétrer dans des monastères comme celui de Montserrat, en Espagne ; ils ont aussi escaladé des montagnes pour rencontrer des ermites chrétiens.

Chaque fois qu'un échange de vues a pu se produire – dans le calme des monastères zen de Kyoto, des couvents tibétains de Dharamsala ou des couvents chrétiens du Nouveau-Mexique –, le dialogue intérieur du cœur a ouvert de nouvelles perspectives de vie spirituelle aux visiteurs comme à leurs hôtes. Petit à petit, un nouveau climat de confiance et de respect s'est développé, grâce à la compréhension et à l'estime mutuelles nées de ces échanges.

Dans le contexte de cette profonde amitié spirituelle, des questions d'ordre pratique ont également été abordées. Par exemple, le MID a aidé ses frères et ses sœurs du Tibet à acquérir des connaissances en médecine, en informatique et en pédagogie pour leur permettre de mieux venir en aide à leurs compatriotes en exil.

C'est parce que cette amitié était déjà ancienne que, en 1993, Sa Sainteté le dalaï-lama a pris la décision de participer à un dialogue entre les différents ordres monastiques organisé par le MID au Parlement des religions du monde, à Chicago. Après cette rencontre officielle, le dalaï-lama a déclaré que, à son avis, le terrain était désormais suffisamment préparé pour amorcer un dialogue plus profond sur le thème de la vie spirituelle. Il a suggéré que vingt-cinq bouddhistes et vingt-cinq chrétiens vivent, méditent, prient ensemble et dialoguent sur la spiritualité et son utilité dans le monde contemporain. Il a également suggéré que la rencontre ait lieu à l'abbaye de

Gethsémani[1], où avait vécu son cher ami Thomas Merton. A l'époque, il y avait déjà presque trente ans que se pratiquaient l'échange entre les différents ordres monastiques ; toutefois, cette rencontre promettait de revêtir une importance mondiale.

La suggestion du dalaï-lama fut entendue par le MID : en juillet 1996 s'est déroulée la rencontre de Gethsémani, d'une envergure véritablement historique. Outre Sa Sainteté le dalaï-lama, étaient présents des membres des ordres bouddhistes et des pratiquants laïques représentant les traditions *theravada* tibétaines et zen du Sri Lanka, de Thaïlande, de Birmanie, du Cambodge, de Taïwan, de Corée, du Japon, d'Inde et des États-Unis. Côté chrétien, assistaient à la rencontre des bénédictins et des trappistes, mais aussi des laïques venus d'Europe, d'Asie, d'Amérique du Nord et d'Australie.

A cette occasion, les sujets suivants furent abordés :

1) la pratique de la prière et de la méditation dans la vie spirituelle ;

2) les étapes du développement spirituel ;

---

1. A Jérusalem.

3) le rôle du maître et de la communauté dans la vie spirituelle ;

4) les objectifs de l'évolution spirituelle et sociale.

Pour qu'elles soient accessibles au plus vaste public, les discussions et les interventions d'ordre spirituel des maîtres bouddhistes et des chrétiens ont été réunies dans un magnifique ouvrage [1]. On peut également y lire le texte du dialogue qui s'est engagé sur des sujets aussi divers que la nature de l'esprit, la colère et la façon de la dominer, l'amour et la compassion, l'utilité des Écritures, l'expérience mystique, la dynamique de la grâce et des bénédictions, la faculté de discernement, la violence et la façon de lui répondre, l'injustice sociale, le sens de la souffrance, la construction de l'unité dans un monde déchiré, etc.

A Gethsémani, Sa Sainteté le dalaï-lama a pu s'exprimer sur le sujet de la spiritualité bouddhique tibétaine. En relisant ses interventions en vue de les publier, nous avons eu l'heureuse

---

1. *The Gethsemani Encounter : A Dialogue on the Spiritual Life by Buddhist and Christian Monastics*, directeurs de publication Donald W. Mitchell et James Wiseman, bénédictins (New York, Continuum, 1997).

surprise d'y découvrir maints conseils destinés aussi bien aux chrétiens qu'aux bouddhistes. Ce sont ces conseils spirituels que rassemble le présent livre.

Dans le chapitre 1, le dalaï-lama explique pourquoi les religions peuvent être comparées à des thérapeutiques destinées à guérir l'humanité et à contribuer, grâce au dialogue entre les différentes confessions, à construire un monde moins violent et plus uni.

Dans le chapitre 2, il montre comment le voyage intérieur qu'est la méditation permet d'apaiser nos émotions perturbatrices et nous apporter paix et bonheur.

Dans le chapitre 3, il émet quelques suggestions pour parvenir au « calme mental » en combattant des maux tels que l'amour-propre, qui est méprisable, la paresse et le manque de confiance en soi, suivant une stratégie accessible aux chrétiens comme aux bouddhistes.

Dans le chapitre 4, il évoque certaines qualités de la vie spirituelle – charité, amour et compassion – et donne de nouveaux conseils ; il explique aussi la nature de la sagesse du point de vue bouddhique.

Dans le chapitre 5, il énumère les qualités pour lesquelles un guide spirituel doit être choisi.

Enfin, dans le chapitre 6, il présente l'objectif des bouddhistes : vaincre l'ignorance, parvenir à l'état de claire lumière et atteindre le *nirvana*. Il admet la différence entre cet objectif et l'idéal chrétien d'union avec Dieu, mais suggère toutefois un but spirituel commun à toute l'humanité : cultiver « les qualités humaines positives : tolérance, générosité et amour ».

Donald W. Mitchell

· 1 ·

La voie du dialogue

Incontestablement, l'homme ne saurait se passer de spiritualité. Tant que l'humanité existera, des millions d'hommes, sinon tous les hommes, aspireront nécessairement à la spiritualité sous une forme ou sous une autre. Il n'est donc pas du tout surprenant que, de nos jours, ce domaine suscite un intérêt si vif.

La religion comme thérapie

Il apparaît clairement que les diverses traditions religieuses – malgré des perspectives et des philosophies différentes – présentent toutes un potentiel spirituel susceptible d'aider les hommes en répondant à leurs aspirations et en leur proposant d'accéder au bonheur. Néanmoins, étant donné l'extrême diversité des êtres humains, leurs nombreuses différences et la variété de leurs tempéraments, les traditions religieuses du monde ne sauraient se ressembler. Et il faut se féliciter de cette diversité.

La religion, comme la médecine, s'attache à apaiser les souffrances humaines. Dans l'exercice de la médecine, la guérison du patient importe bien davantage que le prix de l'acte médical. De même, chaque religion, avec sa propre philosophie, ses propres traditions, se fixe pour objectif d'apaiser les souffrances de l'esprit humain. Il importe peu de savoir si telle religion est supérieure à telle autre. Ce qui compte, c'est de savoir laquelle est la mieux adaptée aux attentes de telle ou telle personne.

Je suis un moine bouddhiste pratiquant. La tradition bouddhique à laquelle j'appartiens m'a appris combien il est important qu'une religion soit en harmonie avec le tempérament de l'individu qui la pratique. Ainsi, le bouddhisme *mahayana*, ou *bodhisattvayana*[1], se distingue des autres traditions bouddhiques par différentes façons de concevoir le réel. Chaque école bouddhique a sa propre interprétation, fondée sur les paroles mêmes du Bouddha Shakya-

---

1. Voir glossaire en fin d'ouvrage.

muni, telles qu'elles sont rapportées dans certains *soutras*.

Le Bouddha Shakyamuni, le maître suprême, propose à ses disciples des points de vue qui peuvent paraître contradictoires. Cependant, il n'y a dans ses idées aucune espèce de confusion. Nous sommes, au contraire, tous convaincus que le Bouddha Shakyamuni est éveillé et qu'il a atteint la pleine connaissance de la vérité. Nous concluons de cette apparente contradiction que le Bouddha Shakyamuni a volontairement enseigné des philosophies différentes adaptées aux divers tempéraments de ses disciples. En se référant simplement à sa propre tradition religieuse, chacun peut se rendre compte de l'importance du tempérament individuel sur le choix de la tradition religieuse qui lui convient le mieux. Il ne s'agit pas pour autant de décréter que telle interprétation de la réalité est la seule possible, et que telle autre est erronée. On ne saurait rien affirmer de tel – pas même le Bouddha. Pour certains, la perspective chrétienne est nettement préférable aux autres. Les musulmans, de leur côté, estiment que leur approche est mieux adaptée à leur mode de vie. On ne peut donc pas déclarer : « Cette religion est valable, cette autre ne l'est pas. » C'est hors de question.

Il est cependant permis, à titre personnel, de juger que telle ou telle religion est celle qui nous convient le mieux. Ainsi, en ce qui me concerne, la voie bouddhique est la mieux adaptée à mon tempérament. J'en suis persuadé. Cela ne signifie pas que le bouddhisme soit la meilleure voie pour tout le monde. A l'intérieur du bouddhisme, l'école *madhyamika* est celle qui, pour moi, est la plus appropriée. Mais je ne puis affirmer que ce soit la meilleure voie pour tous les bouddhistes. C'est impossible ! C'est pourquoi il est de la plus haute importance de se placer dans cette perspective avant d'émettre un quelconque jugement sur les différentes traditions religieuses, en particulier les grandes religions. A mon sens, il y a toutes les raisons de respecter et d'apprécier chacune.

On peut classer les hommes en trois groupes : ceux qui – ils sont majoritaires – ne témoignent aucun intérêt pour la religion, et pour lesquels seuls comptent l'existence quotidienne, et surtout l'argent ; ceux qui sont des pratiquants animés d'une foi sincère ; enfin, ceux qui sont délibérément hostiles à toute forme de religion.

Bien qu'antagoniques, ces trois groupes ont un point commun : la quête du bonheur. Mais *comment* trouver le bonheur ? Là surgissent les différences. Pour les hommes du premier groupe, seul l'argent fait le bonheur. Ceux du deuxième groupe croient que c'est la spiritualité qui permet d'être heureux. Quant à ceux du troisième groupe, ils estiment non seulement que l'argent est profitable, mais aussi que la pensée religieuse est un obstacle au bonheur. Ils sont persuadés que, dans les sociétés les plus anciennes, la religion était l'un des instruments dont se servait la classe dirigeante pour exploiter les masses.

Notre siècle a vu s'affronter les adeptes de la religion et ses ennemis. Cependant, depuis quelques années, il semble que de plus en plus d'individus découvrent que la religion peut contribuer au bonheur de l'humanité.

Une rivalité constructive

Les religions contribuent sûrement au bonheur des hommes, et pourtant, les hommes continuent de se déchirer au nom des traditions religieuses, au point de s'affronter en des combats sanglants. De tels conflits se sont produits dans le passé et se produisent encore de nos jours. On ne peut que le déplorer. Alors que les religions ont une indéniable valeur thérapeutique, elles sont parfois à l'origine de catastrophes. Dans ces conditions, il convient à la fois de préserver les traditions religieuses et de tout faire pour réduire les conflits qui peuvent naître, de nos jours, de situations différentes.

Chaque fois que je m'exprime en public, je ne manque jamais de rappeler que le dialogue interconfessionnel peut contribuer à améliorer la compréhension entre les différentes traditions religieuses. Ce dialogue peut prendre quatre formes.

Première forme de dialogue : le colloque d'intellectuels réunis pour étudier les différences et les ressemblances de leurs traditions respectives. Cette forme de dialogue présente l'avantage d'aider les gens à comprendre, à apprécier les autres religions et à jeter des ponts entre les différentes communautés religieuses.

Deuxième forme de dialogue : le pèlerinage, qui rassemble des fidèles de religions différentes dans un même lieu saint. Les pèlerins sont invités à prier ensemble, ou bien à pratiquer la méditation en silence. C'est un très bon moyen de comprendre et d'apprécier la valeur et la force des autres traditions religieuses. J'ai moi-même eu la chance de participer à de tels pèlerinages, notamment à Jérusalem, ville sainte avec laquelle, en tant que bouddhiste, je n'ai pas de lien particulier, mais où je me suis néanmoins rendu, convaincu et animé par la croyance que toutes les traditions religieuses sont d'une formidable richesse potentielle.

Troisième forme de dialogue : les rencontres du type de la « Journée de prière pour la paix » organisée à Assise en 1986, au cours de laquelle d'éminents responsables religieux ont pu établir des rapports cordiaux. Pour des millions de personnes, cette rencontre s'est révélée d'un grand intérêt. Ce genre d'événement finit par préparer un terrain très favorable à l'examen de questions cruciales par les différentes autorités religieuses.

Quatrième forme de dialogue : la rencontre entre pratiquants de religions différentes. Je crois que ce type de rapprochement est capital, et de surcroît très utile. Je ne voudrais en donner pour exemple que ma rencontre avec Thomas Merton, ou encore la Rencontre de Gethsémani [1], à l'occasion de laquelle les congressistes ont longuement

1. En 1993.

discuté de la façon de maîtriser la colère. J'ai vraiment eu le sentiment que ce volet de la discussion était un modèle de dialogue spirituel. Les pratiquants chrétiens et les pratiquants bouddhistes sont pleinement conscients que la colère est une attitude négative, que nous devons maîtriser les uns et les autres, même si nos méthodes sont différentes. Les chrétiens cherchent la solution dans leur foi en Dieu. Les bouddhistes empruntent une autre voie. Mais leur objectif est identique.

Au dialogue peut s'ajouter une autre forme de rapprochement et de compréhension entre les religions : la rivalité constructive. Les bouddhistes doivent s'efforcer de mettre en pratique leurs croyances dans la vie quotidienne, de même que nos frères et nos sœurs de confession chrétienne doivent s'efforcer de mettre chaque jour leurs enseignements en pratique. C'est une forme de rivalité, mais une rivalité positive, et non néfaste, puisque les uns comme les autres n'aspirent qu'à progresser. Par ailleurs, quelle utilité y aurait-il à prétendre que ma façon de pratiquer la religion est meilleure que les autres ? Voilà tout ce que je crois et tout ce que je pense du rapprochement entre les religions.

Thomas Merton

Ma rencontre avec Thomas Merton, nos discussions, ont considérablement modifié le regard que je portais auparavant sur le christianisme. Je compare volontiers Thomas Merton à un pont reliant le christianisme et le bouddhisme. En tant que pratiquant, en tant que moine bénédictin, il mérite notre profond respect. D'un certain point de vue, il avait toutes les qualités souhaitées d'ouverture d'esprit pour l'étude, la contemplation, la réflexion sur les enseignements. Il savait aussi méditer. C'était un érudit, un homme et un esprit d'une grande rigueur, et de surcroît généreux. Il savait observer les pratiques de sa religion. Qui plus est, c'était un homme de vision.

Je crois que nous aurions tous intérêt à suivre l'exemple qu'il nous a donné. Ainsi, même si le livre de sa vie s'est refermé, les espoirs qu'il fondait, les buts qu'il s'était fixés sont toujours valables. Si chacun voulait le prendre pour modèle, le monde en tirerait le plus grand profit.

Quant à moi, je me considère toujours comme l'un de ses frères bouddhistes. En tant qu'ami très proche – ou en tant que frère –, je garde toujours son souvenir en mémoire et je continue d'admirer ses réalisations et son style de vie. Depuis que j'ai fait sa connaissance, et lorsque je m'interroge sur ma conduite, je m'aperçois bien souvent que, sur plusieurs points, je suis aujourd'hui son exemple. C'est pour moi une grande satisfaction de savoir que, dans une certaine mesure, j'ai parfois pu contribuer à réaliser les vœux qu'il formulait pour le bien de l'humanité. L'effet que sa rencontre a produit sur moi se fera sentir jusqu'à la fin de mes jours, et je tiens à dire que je serai fidèle à l'engagement qui nous lie jusqu'à mon dernier souffle.

Au service de l'humanité

En écoutant les moines chrétiens, j'ai découvert qu'un des aspects les plus frappants de leur engagement est de servir la société. Il s'agit d'une façon éminemment pratique d'apporter sa contribution à l'humanité. Je regrette que les moines bouddhistes négligent cet aspect concret.

Le monde rétrécit de jour en jour. Les liens d'interdépendance se multiplient. Naguère, les pratiquants bouddhistes, en particulier les moines, confinés dans leur étroite communauté, se tenaient à l'écart de la société. Une telle attitude, poussée à l'extrême, peut relever de l'insouciance, voire de l'indifférence vis-à-vis de la société en général ou des pouvoirs publics.

Par le passé, un tel isolement avait ses raisons d'être. De nos jours, les conditions ont beaucoup changé. Je crois qu'il est important que le clergé et les moines bouddhistes soient davantage à l'écoute de ce qui se passe dans le monde. S'ils développent cette conscience, les communautés bouddhistes pourront un jour faire entendre leur voix et exprimer leurs inquiétudes, d'abord individuellement et discrètement, puis collectivement, de manière à faire progresser le monde.

Pour parler sans détour, je crois que, depuis leur exil [1], les bouddhistes tibétains – y compris moi-même – ont noué des relations plus intimes avec leurs frères et leurs sœurs de confession

1. Suite à l'invasion chinoise d'octobre 1950 (N. d. E.).

chrétienne qu'avec les autres bouddhistes. Nous, les Tibétains en exil, vivons en Inde, en Thaïlande, au Sri Lanka, en Birmanie, au Cambodge et dans d'autres pays asiatiques ; pourtant, nous ne rencontrons que rarement les bouddhistes de ces pays. Et s'il nous est arrivé d'engager avec eux des discussions fructueuses, ce n'était jamais qu'à l'échelon individuel. D'ailleurs, pour diverses raisons, notamment d'ordre politique, il nous est difficile de nous rendre en visite officielle dans ces pays.

Il m'apparaît donc important de multiplier et d'établir entre nous des contacts plus réguliers et d'organiser des rencontres de plus grande envergure – des conférences bouddhistes, par exemple –, au cours desquelles nous pourrions discuter entre nous. Nous finirons bien par trouver un moyen concret de traiter des questions concernant le bouddhisme dans le monde moderne. Je souhaite que notre communauté bouddhiste organise plus souvent des conférences internationales – en particulier pour les moines et les lettrés. Il serait pour eux du plus grand intérêt d'échanger leurs idées, spécialement dans le contexte mondial actuel.

Quant à vous, chrétiens occidentaux, qui êtes fort nombreux et qui vivez dans une société matériellement avancée, je crois que vous pouvez apporter beaucoup sur le plan spirituel et matériel pour construire la paix dans le monde. Récemment, lors d'une conférence en Angleterre, j'ai rappelé à l'assistance, avec un brin d'ironie, que ce pays avait jadis été la plus grande nation impérialiste, exploitant à ce titre des millions d'individus d'un bout à l'autre de la planète. L'heure est venue aujourd'hui pour ce pays de payer ses dettes. Il faut faire toujours plus d'efforts pour œuvrer au progrès spirituel et matériel.

Dans certains pays d'Afrique et d'Asie, nombreux sont ceux qui luttent simplement pour survivre. Il est urgent de leur apporter une aide matérielle. En répondant à ces besoins élémentaires, les pays chrétiens avancés peuvent proposer une nouvelle façon d'estimer la valeur de la vie humaine. Dans ce domaine, nos frères et nos sœurs de confession chrétienne ont une contribution essentielle à apporter.

Cependant, c'est aussi en Occident que sont conçues les armes les plus redoutables, y compris les armes atomiques. C'est aussi en Occident qu'est née l'idéologie marxiste. Jadis, les pays occidentaux ont commandé des opérations destructrices dans d'autres parties du globe. Il est temps aujourd'hui de multiplier les initiatives constructives à l'échelle mondiale. Je l'espère et je le souhaite.

Grâce au dialogue qui s'est établi entre bouddhistes et chrétiens, nous, bouddhistes tibétains, avons tissé des relations étroites et précieuses avec nos frères et avec nos sœurs de confession chrétienne. Le dialogue est aussi une de vos contributions essentielles. Il crée un climat spirituel harmonieux et sain, sur la base d'une compréhension réciproque. En prenant la pleine mesure de nos différences et de nos similitudes, nous avons développé compréhension et respect mutuels. Que notre exemple puisse servir aux autres religions et au reste du monde !

· 2 ·

La voie de la méditation

Je voudrais maintenant parler de la méditation, ou contemplation, qui est une pratique spécifiquement bouddhiste. Je vais tenter d'expliquer une chose que les chrétiens pratiquants pourraient adopter utilement. J'y vois une source d'enrichissement mutuel.

Je n'aborderai pas la question de savoir s'il y a ou non un Créateur. C'est une interrogation trop complexe qui, de toute façon, dépasse notre entendement. En cette matière, il est préférable de s'en tenir à ce que l'on croit. C'est le seul moyen de parvenir à un résultat un tant soit peu satisfaisant. Autrement, ce problème nous dépasse. Depuis des siècles, en Inde, de grands débats opposent dialecticiens bouddhistes et dialecticiens non bouddhistes. Et le débat est loin d'être terminé ! La seule chose qui importe, c'est de mettre en pratique ce que l'on croit avec sincérité et sérieux.

Comment les bouddhistes envisagent-ils la méditation ? C'est ce que nous allons voir maintenant. Le mot tibétain pour « méditation » est *sgom*. Il apparaît dans les Écritures, mais, en réalité, il fait partie de la vie quotidienne. Il signifie : se familiariser avec certains sujets ou comportements particuliers. Par exemple, suite à l'émotion perturbatrice que nous éprouvons à la vue de quelque chose qui nous chagrine, nous nous livrons à une sorte de *méditation analytique* qui met en jeu la faculté de raisonner. Or, plus nous approfondissons notre investigation, plus l'émotion perturbatrice devient forte. Après s'être familiarisé avec la cause de notre émotion, on pourra aboutir à une conclusion ou à une conviction. On se dira : « Tiens, voilà qui est positif ! » ou bien : « Tiens, voilà qui est négatif ! »

Cette conviction est une forme de *méditation centrée sur un objet unique*. Dans notre vie quotidienne, nous avons toujours recours à la méditation analytique et à la méditation centrée sur un objet unique. Le but même de la méditation est de nous familiariser avec tout objet ou comportement que nous cherchons à mieux connaître. C'est ce que signifie la méditation conçue comme une familiarisation.

La méditation pour les chrétiens

La pratique de la méditation joue un rôle important dans la transformation de notre esprit. C'est également vrai, sans doute, pour le chrétien pratiquant. Bien sûr, les chrétiens demandent à Dieu de leur accorder son aide ou sa grâce. Mais le développement spirituel nécessite aussi des efforts de notre part. De la sorte, si Dieu accorde toujours sa grâce, qui ne fait jamais défaut, elle ne fait en revanche pas partie de la vie du non-croyant. Ou bien elle se manifeste difficilement, le non-croyant n'adoptant pas la conduite nécessaire pour l'obtenir. De même, les chrétiens pratiquants doivent fournir des efforts dans le domaine spirituel. Et c'est là que la méditation acquiert toute sa valeur.

Comment affermir sa foi par la méditation ? En utilisant nos deux formes de méditation. Vous pouvez tout d'abord pratiquer la *méditation analytique* en pensant : « Comme Dieu est grand ! Comme Dieu est miséricordieux ! » Cette méditation analytique vous conduira en quelque sorte à une conviction : « Oui, cela est tout à fait vrai ! » Alors, sans pousser plus loin votre investigation, que votre esprit se concentre sur cette croyance, cet acte de foi au plus profond de vous qu'est la *méditation centrée sur un objet unique*. Ces deux formes de méditation issues de la tradition bouddhique doivent aller de pair.

Avoir la foi, ce n'est pas simplement croire à des mots. C'est plutôt allier sa propre expérience à la vérité de l'Évangile pour enraciner en soi une ferme conviction. Cette démarche très importante est indispensable dans toute religion.

Il existe deux autres formes de méditation qui peuvent se révéler utiles. La première consiste à se concentrer sur un objet particulier qui devient l'objet de la méditation. Dans ce cas, l'esprit se saisit de l'objet. Je pourrais citer comme exemple de cette forme de méditation le moment où le chrétien prend conscience de la grandeur de Dieu. Il médite alors sur un objet extérieur à lui. La seconde forme de méditation consiste à placer son esprit en harmonie avec l'objet de la méditation. J'en citerai pour exemple ces moments où le chrétien médite en vue de développer en lui la foi et l'amour, faisant en sorte que son esprit devienne lui-même foi et amour. De même, dans la pratique bouddhique, quand nous méditons sur les attitudes qui caractérisent la compassion ou la charité, notre esprit se fait lui-même compassion et charité.

La méditation pour les bouddhistes

Prenons maintenant l'exemple de la conscience qu'ont les bouddhistes de l'« impermanence » de toute chose. En général, cette conscience ne s'acquiert pas par l'expérience, mais s'appuie d'abord sur les explications apportées par les Écritures ou sur les paroles de tel ou tel. On médite alors sur ce sujet en pratiquant la méditation analytique et la méditation centrée sur un objet unique, dont nous avons parlé plus haut.

Lorsque vous y aurez beaucoup pensé, beaucoup réfléchi, l'impermanence deviendra pour vous une notion familière. Puis, vous comprendrez les explications que l'on vous aura données et parviendrez à une conviction plus intime de cette impermanence. A ce stade de la méditation, la conscience que vous avez de l'impermanence de toute chose est ancrée en vous plus profondément qu'auparavant. Bien sûr, vous pensiez déjà que tout est éphémère, que rien n'est permanent. Mais la logique de la méditation analytique renforce en vous cette conviction.

Sans raisonner davantage, vous prendrez bientôt spontanément conscience de ce caractère éphémère. Toutes les fois que vous verrez une chose, vous aurez spontanément conscience de sa nature éphémère, sans le moindre effort. Dans cet état où, sans contrainte, vous constatez de façon éclatante cette nature éphémère et où vous en faites pleinement l'expérience, vous accédez à une sorte de perception directe ; votre esprit se fond, pour ainsi dire, avec l'éphémère. De ce point de vue, toute forme de dualisme est abolie.

Il y a encore bien d'autres types de méditation dans le bouddhisme. L'une de ces méditations est destinée à « se purifier des émotions perturbatrices ». Si l'on se place du point de vue bouddhique, on peut dire qu'au cours des vies passées les plus récentes, on s'est laissé emporter par des émotions perturbatrices. Il en résulte que l'une de ces émotions prédomine dans la vie présente, par exemple le désir, la haine, la confusion mentale, l'orgueil ou l'instabilité. Pour y remédier, on médite alors sur un objet susceptible de faire obstacle à l'émotion perturbatrice prédominante. Par exemple, celui que la haine habite se concentrera sur l'amour. Celui qui ne peut résister au désir se concentrera sur la laideur. Celui qui a l'esprit confus méditera sur la façon dont le cycle de la souffrance s'inscrit dans un « processus d'interdépendance[1] ». L'orgueilleux réfléchira aux cinq agrégats physiques et mentaux ou aux autres éléments qui constituent notre être. Celui dont l'esprit vagabonde méditera en se concentrant sur l'inspiration et l'expiration. Les émotions perturbatrices sont variées ; pour apaiser chacune d'elles, il existe différents objets sur lesquels on peut méditer.

Certains objets de méditation bouddhique sont destinés à développer la « vision pénétrante » et à parvenir au « calme mental ». La différence entre les deux n'est pas déterminée par les objets de la méditation. Elle tient plutôt à la façon dont on les aborde. On peut aborder un objet de méditation d'une façon qui favorise la vision, ou d'une façon qui favorise le calme mental. Pour

1. Voir explication de ce terme p. 98.

les bouddhistes, il y a un calme mental qui permet même d'observer la vacuité, et il y a une vision pénétrante qui permet d'observer la variété des phénomènes. Les chrétiens gagneraient à trouver eux aussi les objets de méditation susceptibles de les aider à développer vision pénétrante et calme mental dans le but de raffermir leur foi en Dieu et de développer leur amour pour leurs semblables.

Conseils pratiques

Celui qui se met sérieusement à pratiquer la méditation doit veiller à son régime alimentaire. Il convient de se nourrir sobrement ; c'est de surcroît très bénéfique pour le corps.

Il importe également de définir un emploi du temps quotidien. Il est très salutaire de se lever de bonne heure le matin. Certaines personnes, surtout dans les villes, font le contraire : elles veillent très tard le soir et sont très actives et dynamiques la nuit ; le lendemain matin, elles dorment paisiblement jusqu'après le lever du soleil. Pour un pratiquant, ce genre de vie est déplorable. Levez-vous donc de bonne heure le matin : « Fraîcheur de l'aube, fraîcheur de l'esprit. » Pour cela, couchez-vous tôt et dormez suffisamment.

La posture du corps est aussi un point à ne pas négliger. Tenez-vous droit lorsque vous êtes assis. Les bouddhistes justifient cette posture en affirmant que l'énergie circule mieux dans un corps qui se tient droit. Si vous êtes assis de travers, votre corps n'est pas équilibré. Veillez donc à votre posture. Selon moi, il importe peu, en revanche, que vous soyez ou non assis en tailleur. Dans certains cas, au lieu de favoriser la méditation, la position en tailleur est douloureuse. Si vous le désirez, cherchez une position plus confortable.

D'après la tradition bouddhique, il arrive que l'on parvienne à un état de compréhension ou d'éveil étonnant. Considérons par exemple la foi. Parfois, sans raison particulière, on peut avoir une intuition soudaine. Cependant, d'après notre tradition, même si une telle expérience est très positive, on ne peut pas entièrement s'y fier. La foi peut survenir spontanément aujourd'hui, et pas demain. Malgré tout, cette expérience spontanée de la foi vous sera très utile si vous savez la conserver et l'entretenir par vos efforts. Il ne faut donc pas trop compter sur la seule expérience spontanée. Elle va et vient, s'éloigne et revient. L'expérience de la foi renforcée par des efforts soutenus est plus durable et aussi bien plus sûre.

Un esprit vigilant

A mon sens, dans la méditation analytique comme dans la méditation centrée sur un seul objet, il convient avant tout d'avoir l'esprit vraiment vigilant. C'est même de la plus haute importance. Dans la méditation analytique, l'acuité de l'esprit est essentielle. Dans la méditation centrée sur un seul objet, il faut aussi garder l'esprit clair et vigilant, sinon cette méditation peut n'être que la résultante d'une obscurité de l'esprit, dont il ne ressort rien de satisfaisant.

Il faut rester concentré sur l'objet de la méditation tout en gardant l'esprit en éveil. Sans cette vigilance, on risque de prendre un état de torpeur spirituelle pour une méditation centrée sur un seul objet. A mesure que la vigilance diminue, l'activité de l'esprit diminue en conséquence. On peut alors avoir l'impression que l'esprit se concentre réellement sur l'objet de la méditation, et même éprouver une sorte de paix. Mais cette sorte de paix n'est ni positive ni constructive. Si vous cultivez cette sorte de paix négative, l'acuité de votre esprit faiblira, ce qui est fort préjudiciable. Il est donc extrêmement important de garder l'esprit actif et toujours en éveil. Comment y parvenir ?

Quand l'énergie mentale diminue, il ne peut y avoir élévation de l'esprit. Par exemple, si vous vous mettez à méditer sur un seul objet alors que vous êtes d'humeur plutôt morose, l'acuité de votre esprit s'en trouvera automatiquement diminuée. Il vous faudra alors faire un effort pour élever votre esprit.

Dans cette situation, un chrétien pourra penser à la grâce ou à la miséricorde de Dieu et se dire : « Comme j'ai de la chance ! » Penser à des choses qui apportent le bonheur et renforcent l'espérance et la confiance en soi élève l'esprit.

A l'inverse, votre esprit peut parfois se trouver dans un état de surexcitation. Si vous êtes sur le point de vous mettre à méditer sur un seul objet, mais que votre esprit est incapable de se concentrer parce que vous êtes surexcité, réfléchissez et prenez conscience que ce genre d'attitude mentale risque de limiter votre pratique et votre expérience spirituelles. Dites-vous qu'à cause de cet état de surexcitation, vous ne parviendrez pas à concentrer votre esprit sur un seul objet. Votre excitation s'en trouvera sans doute diminuée. Quand vous sentirez votre esprit s'apaiser quelque peu, mettez à profit cet apaisement et commencez à méditer.

Ce sont là des façons de procéder pour éviter d'avoir l'esprit engourdi ou surexcité au cours de la méditation.

Une journée type

Je voudrais, pour terminer, ajouter quelques remarques sur la méditation telle que je la pratique au cours d'une journée type. Je dois avouer que je suis un bien médiocre pratiquant. Je me lève en général vers trois heures et demie du matin, puis je commence par réciter quelques prières et *mantras*. Ensuite, jusqu'au petit déjeuner, je me consacre à la méditation, surtout la méditation analytique. Après chaque méditation analytique, je poursuis par une méditation centrée sur un seul objet. Je médite essentiellement sur l'interdépendance : toutes choses étant en relation d'interdépendance, tout est vacuité. Ceci correspond à la philosophie *madhyamika* de Nagarjuna et à l'interprétation de Chandrakirti.

Méditer sur ce thème m'enracine dans la conviction qu'il est possible de voir disparaître les émotions perturbatrices. Voilà un des objets principaux de ma pratique. Un autre est la compassion. Je me concentre sur ces deux points au cours de ma pratique. Si vous me demandez le bénéfice que j'en retire, je vous répondrai qu'il ne me paraît pas nul. Dans ces conditions, je puis vous assurer que l'esprit est en perpétuel devenir. Aussi, peu importe l'intensité de l'émotion perturbatrice : il y a toujours un moyen de changer. La transformation est toujours possible. Tout espoir n'est jamais perdu. Faire un effort, voilà ce qui vaut réellement la peine.

Dans la tradition bouddhique tibétaine, le *tantrayana* entre également en jeu. Dans le « yoga des déités[1] », on consacre donc beaucoup de

1. Voir explication de ce terme p. 103.

temps à la visualisation. Cela inclut la visualisation du processus de mort et de renaissance. Au cours de mes prières ou de mes pratiques quotidiennes, je visualise la mort huit fois et la renaissance huit fois. Il s'agit d'une réincarnation, mais pas nécessairement celle du dalaï-lama.

A mon sens, ces pratiques sont très puissantes et très utiles pour se familiariser avec le processus de la mort. De la sorte, quand survient réellement la mort, on est prêt. Je ne sais pas encore aujourd'hui si je saurai tirer profit de cette préparation lorsque viendra le moment de ma mort. Même si je me suis bien préparé à la mort, je suppose qu'un échec n'est pas inévitable pour autant ! C'est une éventualité.

Il existe une dernière forme de méditation, qui ressemble à la prière. Son but est de se remettre en mémoire les différents niveaux et les différentes étapes du chemin en examinant un événement dont on se souvient et en réfléchissant à chacune des étapes parcourues.

De trois heures et demie du matin jusqu'à huit heures et demie, la méditation et la prière, ainsi que d'autres activités similaires, occupent tout mon temps. Je me réserve toutefois quelques pauses, dont l'une pour prendre mon petit déjeuner, en général à cinq heures, et je me prosterne à plusieurs reprises. Après huit heures et demie, quand je suis de bonne humeur, je fais de la culture physique. Détail très important : j'écoute toujours les informations sur la BBC. Puis je travaille à mon bureau jusqu'à midi. Les jours fériés, je lis aussi les grands textes. Mais pour la prière et la méditation, je préfère généralement me passer de textes. A midi, je déjeune. Ensuite, je retourne le plus souvent à mon bureau pour travailler encore un peu. A dix-huit heures, je bois du thé et je dîne, comme tout moine bouddhiste. Enfin, vers vingt heures trente, je m'endors – c'est ma méditation favorite, celle qui m'apporte la paix !

· 3 ·

Le chemin du calme mental

Il existe une forme de méditation appelée « calme mental ». Pour l'évoquer, j'aurai recours à des textes bouddhiques. Cette pratique est commune aux bouddhistes et aux non-bouddhistes. En Inde, par exemple, bouddhistes et non-bouddhistes la pratiquent pareillement. Aussi, il me semble que nos frères et nos sœurs de confession chrétienne pourraient en faire autant.

Vaincre les obstacles

Sur la voie qui conduit au calme mental, on peut dénombrer cinq défauts qui y font obstacle et huit antidotes à ces cinq défauts.

Le *premier défaut* est la paresse. Pour vaincre ce défaut, il existe quatre antidotes : la foi, l'intention, l'effort et la souplesse.

Par foi, j'entends la croyance aux bienfaits qu'apporte un esprit calme en état de méditation. L'intention, qui résulte de la foi, est le désir de calmer l'esprit en vue de la méditation. L'effort est l'énergie qu'il convient de déployer pour stabiliser l'esprit afin qu'il puisse méditer. Quant au dernier antidote, la souplesse, c'est une qualité que vous ne pouvez posséder à ce stade, mais dont vous pouvez mesurer les avantages. Le corps doit être léger et souple – ce qui n'est généralement pas le cas. En outre, vous pourrez accorder votre esprit à la vertu de votre choix. Comme antidote à la paresse, vous pourrez contempler le bénéfice que vous apporterait la souplesse et que vous obtiendriez en triomphant de la paresse.

Il y a différentes formes de paresse. La première vous fait dire : « Oh ! je suis incapable de faire cela. Je ne suis pas à la hauteur. Impossible ! » Bien que ce type de paresse soit rarement décrit comme tel, il importe de combattre ce sentiment d'infériorité. Vous pouvez y parvenir en réfléchissant à différents points de doctrine qui vous y encouragent. Un bon moyen pour un bouddhiste est de réfléchir à la nature du Bouddha qui se trouve en chaque individu et, par conséquent, en soi. Un bouddhiste pourrait aussi méditer sur la situation privilégiée que confèrent temps libre et fortune, situation à laquelle on est parvenu malgré les adversités. Chacun possède un corps et a devant soi toute une vie qui lui laisse assez de temps pour cultiver la spiritualité et lui donne les moyens de s'y consacrer. Pensez à tout cela : vous prendrez conscience des conditions favorables dans lesquelles vous vous trouvez en fait et vaincrez ainsi votre sentiment d'impuissance, qui est une forme de paresse.

Un chrétien pourra, quant à lui, méditer sur la grâce permanente de Dieu et sur les bénédictions qu'Il est toujours prêt à lui accorder.

Ainsi, chacun peut triompher de la paresse et du sentiment d'incapacité.

Le *deuxième défaut* consiste à oublier l'objet même sur lequel on médite. On en triomphe en étant attentif. L'attention a pour fonction d'empêcher de se laisser distraire par d'autres objets. Elle ne peut opérer que sur un objet qui nous est familier, voire auquel on s'est accoutumé. Si l'on s'efforce de la développer, l'attention peut remplir son rôle, qui est d'empêcher de se laisser distraire par d'autres objets. C'est essentiellement en développant une attention vigilante que l'on peut parvenir au calme mental.

L'attention

Pour renforcer l'attention, il convient d'être concentré sur chacun des actes que l'on accomplit. Lorsque vous marchez, lorsque vous vous tenez debout, lorsque vous vous asseyez, et même lorsque vous vous couchez, efforcez-vous de prêter attention à ce que vous faites.

Afin de rester toujours attentif, il faut maintenir la conscience en éveil. Ce point est très important pour tous les pratiquants. C'est pourquoi il est essentiel que tout effort pour parvenir à la paix intérieure repose sur un fondement éthique. En d'autres termes, une conduite conforme à une certaine éthique exige que l'on soit toujours attentif à ce que l'on fait, et qu'on le fasse consciencieusement. Cette attention et cette conscience, qu'une pratique reposant sur l'éthique permet de développer, faciliteront par ailleurs la méditation.

Le silence a également une importance capitale lorsqu'on exerce son attention. La raison en est que de nombreuses pensées traversent notre esprit. Ces pensées naissent comme si elles étaient engendrées par des sons. Par conséquent, le langage lui-même suscite de nombreuses pensées différentes. Quand on garde le silence, au bout d'un certain temps, le nombre des pensées diminue peu à peu. A Dharamsala vit un religieux qui, de temps à autre, passe un mois dans le silence le plus absolu, voire parfois plusieurs mois. Mais habituellement, lorsque vient le samedi, il parle. C'est par des moyens de ce genre que l'attention peut rester fixée sur l'objet de la méditation.

La dispersion de la pensée

Le *troisième défaut* est le laisser-aller et l'agitation. Son antidote est l'introspection. Si l'on a renforcé son attention, l'introspection doit se faire spontanément. Toutefois, la meilleure façon de développer l'introspection, c'est encore de faire de temps en temps l'examen de notre corps et de notre esprit.

Le laisser-aller, sous sa forme la plus grossière, peut se comparer à l'obscurité dans laquelle le sujet perd de vue l'objet. Il existe néanmoins une forme plus subtile de laisser-aller : l'objet reste visible, mais c'est l'esprit du sujet qui manque de clarté. En d'autres termes, la conscience qui prête attention à l'objet est confuse. Dans ce cas, le risque est grand de prendre ce laisser-aller insidieux pour une méditation authentique.

La « dispersion », autrement dit le vagabondage de l'esprit qui se fixe sur n'importe quel objet, est un obstacle majeur à la méditation. Or, le désir est l'une des causes principales de la dispersion, car la plupart des gens se laissent distraire par les objets qu'ils désirent. Alors, l'excitation de l'esprit, c'est-à-dire l'excitation née du désir, l'emporte. Aussi est-il plus exact de parler d'excitation que de dispersion.

Toute forme de dispersion est pernicieuse. Par exemple, si vous méditez afin de renforcer votre foi en Dieu, mais que, en même temps, vous laissez vagabonder votre pensée vers un autre objet, comme la compassion, vous devez sans tarder mettre fin à cette dispersion. Même s'il est important de cultiver la compassion, choisissez un autre moment pour vous y consacrer. De même, si, lorsque vous cultivez la compassion par la méditation, vous détournez en même temps votre attention pour cultiver la foi en Dieu, interrompez sans tarder votre méditation sur la foi.

Prenons une comparaison. Si, après avoir allumé un feu, au lieu de l'entretenir en ajoutant du combustible, on s'occupe de tout autre chose, et même si cette autre activité est positive, alors le feu dépérit et s'éteint. Il faudra donc le rallumer. De même, dès que se manifestent laisser-aller et excitation, l'esprit a tendance à tomber sous leur emprise.

L'équilibre

Le *quatrième défaut* est la « non-application des antidotes ». Ainsi, c'est une faute de ne pas avoir recours aux antidotes contre le laisser-aller et l'excitation. De plus, les antidotes au laisser-aller contribuent à renforcer la faculté d'appréhension de l'esprit. A l'inverse, les antidotes à l'excitation contribuent à atténuer cette même faculté.

Si vous appliquez les antidotes au laisser-aller et à l'excitation, celui de ces défauts qui vous importune s'estompera. Mais si vous continuez d'appliquer cet antidote après qu'il a produit son effet, alors cela devient une erreur. C'est là le *cinquième et dernier défaut* : l'« usage abusif des antidotes ». Dans ce cas, il vous faut simplement cesser d'appliquer l'antidote.

Le calme mental

Examinons maintenant ce que nous éprouvons lorsque nous cheminons vers le calme mental.

La *première étape* est la « fixation de l'esprit » : elle consiste à s'efforcer d'orienter l'esprit vers l'objet de la méditation.

La *deuxième étape* est désignée sous le nom de « fixation continue ». On l'atteint lorsque, grâce aux efforts consentis, on parvient à fixer sa pensée sur l'objet de façon continue.

La *troisième étape* est celle de la « refixation » : en prenant conscience que l'esprit se disperse et en fixant de nouveau la pensée sur l'objet, on parvient alors à rester concentré sur l'objet les deux tiers du temps.

La *quatrième étape* est celle de la « fixation stricte ». Elle est atteinte lorsqu'on a réussi à mieux utiliser les antidotes contre le laisser-aller et l'excitation.

En s'attaquant à la paresse insidieuse et à l'excitation, puis en en triomphant, on atteint la *cinquième étape* (« discipline de l'esprit »), la *sixième étape* (« pacification »), la *septième étape* (« pacification totale »), la *huitième étape* (« unicité de la visée ») et enfin la *neuvième étape* (« réalisation de l'équilibre »).

Les textes bouddhiques précisent que, lorsqu'on atteint cette neuvième étape, on parvient à un niveau de méditation centrée sur un objet unique qui fait toujours partie du « domaine du désir ». Pour les bouddhistes, il existe trois domaines : le domaine du désir, le domaine de la forme et le domaine du sans forme. La réalisation de l'équilibre appartient au domaine du désir.

Cette neuvième étape n'est cependant pas celle du calme mental. Il faut encore poursuivre la méditation pour y parvenir. Selon les textes bouddhiques et hindous, le calme mental prépare à un niveau de méditation appelé « premier niveau de concentration ». C'est pourquoi le calme mental est aussi appelé le « non-impossible », puisque en le cultivant on peut parvenir au premier niveau de concentration. En poursuivant ses efforts, on peut ensuite atteindre les deuxième, troisième et quatrième niveaux de concentration. Ces quatre niveaux appartiennent au domaine de la forme. Au-delà de ces quatre niveaux de concentration, on distingue quatre niveaux supérieurs appelés « niveaux d'absorption », qui appartiennent au domaine du sans forme. Les objets de ces absorptions sont l'espace infini, la conscience infinie, le prétendu néant et l'apogée des existences cycliques.

Je pense que nos frères et nos sœurs de confession chrétienne n'ont pas besoin d'accéder aux quatre niveaux de concentration et aux quatre niveaux d'absorption dans le domaine du sans forme. Ce dont ils ont besoin, c'est de renforcer le calme mental ou le pouvoir qu'a l'esprit de se concentrer sur un objet unique, faculté relevant du domaine du désir. Développer le calme mental, c'est se donner la possibilité d'acquérir des qualités d'esprit très solides et très positives – la foi, par exemple. En stabilisant son esprit au cours de ce genre de méditation, on affermit sa foi. On peut alors comprendre et décrire le contenu véritable de la foi ainsi que d'autres qualités spirituelles en se référant à la tradition religieuse à laquelle on appartient.

· 4 ·

La vie spirituelle

Celui qui accorde de l'intérêt à la vie spirituelle – que manifestent de façon concrète l'attitude, les actes et les activités du *bodhisattva* – doit comprendre la nécessité de se préoccuper du bien-être des hommes et d'entretenir des relations étroites avec la société.

La charité

La pratique d'un *bodhisattva* comprend six perfections.

La *première perfection* consiste à donner. C'est la charité. Il existe trois formes de charité : a) donner des biens matériels ; b) dispenser l'enseignement religieux, ou *dharma ;* c) enseigner « l'absence de peur », c'est-à-dire affranchir les êtres de la peur. Ces trois formes de charité présentent toujours un lien avec la société. Nos frères et nos sœurs de confession chrétienne mettent également en pratique ces formes de charité dans le domaine des services sociaux, de l'éducation et des soins médicaux.

Pour servir efficacement au sein de la communauté, il faut vivre en société. Cela comporte un risque : celui que l'engagement dans l'action sociale entraîne un relâchement des pratiques spirituelles. Par conséquent, dès que vous vous engagez sur la voie de la spiritualité, il importe de développer de solides qualités mentales, comme le recommande l'enseignement des *bodhisattvas*. Une fois que vous aurez acquis la force intérieure et la confiance en vous-même qui vous permettront de poursuivre votre vie spirituelle même lorsque les circonstances seront défavorables, alors le moment sera venu pour vous de jouer un rôle actif dans le monde.

Si, dans la société, vous pratiquez la charité, ou si vous vous mettez au service d'autrui dans la vie quotidienne, n'oubliez pas pour autant de consacrer du temps à vos pratiques spirituelles. Comme si vous rechargiez une batterie, vous y trouverez la force nécessaire pour le reste de la journée. Ce point me paraît essentiel. Nos frères et nos sœurs de confession chrétienne doivent en faire autant. Même si vous êtes engagé à plein temps dans le domaine de l'éducation ou dans les services sociaux, ce n'est pas une raison pour négliger vos propres pratiques spirituelles. Activité sociale et pratique spirituelle vont de pair.

Moralité et patience

La *deuxième perfection* est la pratique de l'éthique. Pour le *bodhisattva,* il importe avant tout dans cette pratique de se soucier aussi peu que possible de soi-même et de se consacrer pleinement à autrui.

La *troisième perfection* est la pratique de la patience ou de l'endurance. Elle peut prendre trois formes différentes : a) l'indifférence aux maux qui peuvent nous affliger ; b) l'acceptation volontaire des épreuves ; c) l'endurance ou la patience nécessaires pour s'assurer du bien-fondé de la doctrine.

L'éthique altruiste orientée vers le bien d'autrui, ainsi que l'acceptation des épreuves et l'indifférence aux coups du sort, se traduisent par des pratiques identiques chez les bouddhistes comme chez nos frères et nos sœurs de confession chrétienne. Le mode de vie des moines chrétiens met plus particulièrement l'accent sur l'éthique, la simplicité et le contentement de l'esprit. Même leur nourriture est simple.

Dans le cadre d'un programme d'échange, un groupe de nos moines bouddhistes était parti pour les États-Unis. A leur retour, je me suis entretenu avec eux. Ils m'ont fait part du plaisir qu'ils avaient éprouvé à séjourner dans des monastères chrétiens. Ils y avaient beaucoup appris et, ce qui importe encore plus, leur attitude à l'égard du christianisme avait changé du tout au tout. Leur seul grief était que, dans certains monastères, les repas n'avaient pas suffi à apaiser leur faim... Heureusement, grâce à la cordialité de certains de leurs nouveaux amis, ils avaient pu se procurer quelques biscuits supplémentaires !

Je suis persuadé que la pratique véritable de la modération, même au cours des repas, contribue à restreindre la cupidité ou l'attachement aux biens de ce monde. Par ailleurs, il ne fait aucun doute que les moines chrétiens pratiquent la patience et la tolérance. Si on les frappe sur une joue, ils tendent l'autre. Telle est la parole de l'Évangile, et c'est de toute évidence ce que nous, moines bouddhistes, faisons aussi.

Pour s'assurer du sens de la doctrine bouddhiste, il faut également de la patience. Sur ce point encore, les traditions chrétienne et bouddhique adoptent une démarche identique. Lorsqu'il se frotte à des concepts aussi complexes que la vacuité, le bouddhiste a tout d'abord le sentiment que rien n'est plus difficile à accepter ou à comprendre. Il convient de s'armer de patience. De même, il peut arriver que le chrétien doute de sa croyance ou de sa foi en Dieu. Alors, la patience est indispensable pour s'assurer de ce que signifie avoir la foi en Dieu.

L'effort

La *quatrième perfection* du *bodhisattva* est l'effort. Toute personne qui pratique une religion doit faire des efforts. Par ce terme, nous entendons l'enthousiasme pour la pratique de la vertu. Dans son sens positif, « faire des efforts » signifie fixer son attention sur le but à atteindre. Cela signifie aussi vaincre les forces qui font obstacle à cet effort, à savoir les diverses formes de paresse. Une forme de paresse consiste à se laisser dominer par les activités futiles de la vie quotidienne. Une autre consiste à penser : « Jamais je n'y parviendrai ! » C'est avoir une bien piètre opinion de soi ! Une autre forme de paresse est la procrastination, qui consiste à remettre au lendemain ce que l'on peut faire le jour même. Ce sont là autant d'obstacles que doivent affronter tous ceux qui pratiquent une religion. La pratique de l'effort est également valable pour tous.

La sagesse

La *cinquième perfection* est la concentration. Nous en avons déjà parlé.

La *sixième perfection* est la réalisation de la sagesse et de sa forme ultime, la prise de conscience de la vacuité. Qu'entendent les bouddhistes par ces termes ? Je vais tenter de l'expliquer.

Parmi les différentes formes de sagesse, on distingue la sagesse qui connaît la variété des phénomènes et la sagesse qui connaît le mode d'être ou la nature ultime des phénomènes. De ces deux formes, la plus importante est la seconde. Cette sagesse est la sagesse qui permet de prendre conscience de la vacuité.

Que faut-il entendre par « vacuité » ? Il y a bien des façons d'interpréter ce terme. A un premier niveau, la vacuité est la compréhension que l'individu n'est pas permanent, ne constitue pas une unité intrinsèque et n'est pas autonome. Toutes les écoles bouddhiques sont d'accord sur cette façon d'appréhender la vacuité. A un niveau plus subtil se situe la vacuité de l'autonomie de la personne. Par « autonomie », nous voulons dire que l'individu possède une certaine nature, et que l'esprit et le corps aussi en possèdent chacun une, différente de celle-là. L'individu est comme un seigneur, dont la nature est distincte de celle de l'esprit et du corps, ses vassaux. La vacuité suppose que l'individu (le seigneur) ne peut être séparé de l'esprit et du corps (les vassaux). On peut dire qu'il y a vacuité d'un tel individu, puisque cet individu n'existe pas.

Corollairement, on commet une autre erreur de conception sur la nature de l'individu en considérant que l'individu, l'esprit et le corps ont la même nature fondamentale, tout en concevant l'individu comme le maître, et l'esprit et le corps comme ses sujets.

Les bouddhistes de l'École de l'Esprit Seul et de l'École de la Voie du Milieu mentionnent encore une autre conception erronée : l'« existence *en soi* des phénomènes », alors qu'il y a vacuité d'un « *en soi* des phénomènes ». L'École de l'Esprit Seul distingue deux erreurs fondamentales à cet égard. L'une consiste à considérer le sujet et l'objet comme des entités différentes. L'autre consiste à croire que les phénomènes existent du fait de leur nature propre, en tant que référents de nos mots et des concepts que nous formulons à leur sujet. L'École de l'Esprit Seul enseigne qu'il y a vacuité dans les deux cas.

L'École de la Voie du Milieu signale une autre erreur : considérer que les phénomènes existent véritablement ou en dernière analyse. Or c'est une contrevérité. Il y a vacuité de l'existence véritable ou ultime des phénomènes. L'École de la Voie du Milieu établit d'autres distinctions. Selon une tradition (l'École de l'Autonomie), les phénomènes qui apparaissent à une conscience parfaite – une conscience qui ne commet aucune de ces erreurs superficielles – existent vraiment de façon conventionnelle. Quand cette tradition affirme que les phénomènes sont dénués d'une véritable existence, que considère-t-elle comme la véritable existence ? Selon cette tradition, on se trompe en affirmant que les phénomènes ne sont pas établis parce qu'ils sont susceptibles de se manifester à une conscience parfaite, mais qu'ils sont établis du fait de leur propre et unique mode d'existence. C'est ainsi qu'on nie la véritable existence ou qu'on la désigne comme vacuité.

Dans l'autre École de la Voie du Milieu, appelée École des Conséquences, Bouddhapalita, Chandrakirti et Shantideva expriment l'opinion définitive de Nagarjuna. Dans ce dernier système, la façon dont les phénomènes apparaissent à la conscience parfaite – comme s'ils existaient de façon intrinsèque – est considérée comme ce qui doit être nié dans la vacuité. En réalité, les phénomènes n'existent pas de cette façon ; ils n'existent que nominalement. Il y a vacuité quand on s'abstient de valoriser à l'excès les phénomènes – comme s'ils possédaient une existence en soi. La vacuité d'une telle existence intrinsèque des phénomènes est donc le non-soi le plus subtil des phénomènes. En fin de compte, c'est ce fait qu'appréhende la sagesse.

L'amour et la compassion

Outre les six perfections de la vie spirituelle bouddhiste, j'aimerais signaler un autre point mentionné par les textes bouddhiques et qui, me semble-t-il, pourrait intéresser nos frères et nos sœurs de confession chrétienne. De quoi s'agit-il ? De développer nos intentions altruistes afin de progresser spirituellement dans l'amour d'autrui.

Au cours de cette démarche, on se rend compte tout d'abord que, si l'on éprouve de l'amour pour soi, en revanche, on manque d'amour pour autrui. Il nous faut donc réfléchir sur les inconvénients que comporte l'amour de soi et sur les avantages que comporte l'amour pour autrui. Au cours d'une telle méditation, l'amour de soi diminue et l'amour pour autrui s'accroît. On tend alors à se désintéresser de soi pour s'intéresser de plus en plus au bien-être d'autrui.

Cela ne signifie pas que vous deviez vous désintéresser complètement de votre propre situation. Pour savoir comment aimer les autres, il faut d'abord savoir ce que signifie s'aimer soi-même. L'altruisme, ce n'est pas simplement s'oublier soi-même. Il s'agit surtout de réfréner les sentiments égoïstes qui nous poussent à exploiter autrui ou à lui faire du tort. En général, il est tout à fait négatif de manquer d'estime pour soi-même ou de se détester. Une telle disposition me paraît fort regrettable et ne peut mener à rien de bon.

Lorsque nous sommes confrontés à différentes émotions, nous devons pouvoir distinguer sans erreur celles qui sont positives de celles qui sont négatives. Par exemple, il y a deux sortes de désir : le désir d'être plus heureux et le désir de se rapprocher de Dieu. Ce sont là des désirs très constructifs. D'autres désirs, comme celui de convoiter toutes sortes de biens, causent bien des déceptions et peuvent nous mener au désastre. De même, on peut distinguer deux sortes de colère. L'une, qui a pour origine la compassion, est en réalité tout à fait constructive. Mais l'autre, qui finit par conduire à la haine, est tout à fait négative. Il est donc important d'établir de telles distinctions.

L'égocentrisme, la conviction d'être doté d'une forte personnalité, peut également prendre deux formes. On peut se dire : « Je suis capable de travailler dur pour servir autrui ! Je dois me consacrer au bien-être des autres ! » Et de fait, pour faire preuve d'une telle détermination, il faut avoir une personnalité très affirmée. Cela est très positif. Au contraire, l'autre forme de l'égocentrisme incite à causer du tort à autrui, sans la moindre hésitation. Cette forme-là est très négative. Encore une fois, lorsque nous sommes confrontés à différentes émotions à seule fin de développer l'amour et la compassion, il importe d'établir des distinctions.

Voici ce que je vous suggère : pour cultiver la compassion dans la vie spirituelle, essayez de prendre comme objet de méditation des êtres sensibles accablés par la souffrance, puis souhaitez les voir libérés de cette souffrance. Pour cultiver l'amour, prenez comme objet de méditation des êtres qui ne savent pas ce qu'est le bonheur, puis formulez le souhait de les voir heureux.

Pour développer la compassion comme l'amour, il convient de rester détaché. En général, parce que nous éprouvons pour nos amis les plus chers des sentiments particuliers, nous nous préoccupons tout naturellement de leur bien-être. Cela ne relève pas nécessairement de la vraie compassion, parce qu'il y a entre nous de l'attachement. Ce sentiment qui nous lie intimement ne concerne qu'un nombre limité de personnes. C'est aussi parce que l'attitude de ces proches à notre égard est positive qu'en réaction nous éprouvons pour eux un sentiment d'attachement. Mais il ne s'agit pas là d'amour authentique. L'amour et la compassion authentiques, en effet, ne tiennent pas compte de l'attitude qu'autrui adopte à votre égard.

Il convient de prendre conscience que les autres sont pareils à nous-même : eux non plus ne veulent pas souffrir, eux aussi veulent être heureux et ont le droit de vaincre la souffrance. A partir de cette réflexion, vous pourrez développer un véritable sentiment de sollicitude. Voilà ce que sont l'amour et la compassion authentiques, que vous éprouverez avec détachement et que vous pourrez même témoigner à votre ennemi.

Comment développer une telle sollicitude ? Pour développer l'amour et la compassion, il convient tout d'abord de visualiser un être dont les souffrances sont telles qu'elles paraissent insupportables à des personnes ordinaires, des souffrances dont nous ne voulons même pas être témoins. Fixez votre esprit sur cet être, réfléchissez à la nature de ses souffrances. Puis réfléchissez au fait que cet être est semblable à vous-même, en ce sens qu'il désire être heureux et ne pas souffrir. Avec le temps, vous finirez par éprouver une véritable sollicitude pour lui. C'est ainsi qu'il faut développer l'amour et la compassion.

Ensuite, lors de votre méditation, passez en revue, une à une, d'autres personnes qui vous sont proches. Pour finir, évoquez vos ennemis, l'un après l'autre, en pensant à eux et en prenant conscience qu'ils sont pareils à vous-même, en ce sens qu'ils souhaitent être heureux, ne veulent pas souffrir et ont le droit d'être libérés de la souffrance. Alors, vous pourrez éprouver la même sollicitude à leur égard.

J'insiste sur la nécessité de développer l'amour et la compassion pour les êtres que l'on répugne à aimer. Les Évangiles transmettent un message identique : il est indispensable de faire preuve de patience et de tolérance en aimant ses ennemis. C'est le fondement même de la vie spirituelle, grâce auquel nous vivons pour l'amour d'autrui et pour le bien de l'humanité.

· 5 ·

Le guide spirituel

Le *bodhisattva* a une influence sur la société, non seulement parce qu'il pratique avec compassion les six perfections, mais aussi parce qu'il passe pour un modèle et un maître qui enseigne la vie spirituelle et la sagesse qu'elle implique.

Selon la tradition, les pratiques du *bodhisattva* sont de deux sortes. D'abord, il doit se consacrer à la pratique des six perfections[1], afin que son esprit évolue et acquière une certaine maturité. Puis, il doit enseigner à autrui et connaître ce qu'on appelle les « quatre moyens de rassembler des élèves ». Le premier de ces moyens consiste à aider matériellement les élèves. Le deuxième consiste à leur parler aimablement, à les saluer et à leur témoigner de l'intérêt. Le troisième consiste à leur enseigner ce qu'ils doivent pratiquer et à leur apprendre à se débarrasser de ce qui est négatif dans leur comportement.

---

1. Voir p. 63.

Le quatrième est de pratiquer soi-même ce que l'on enseigne aux autres. Si un *guru* enseigne à un élève comment bien se conduire mais ne pratique pas lui-même ce qu'il lui enseigne, l'élève pourra lui dire : « Commencez par le faire vous-même ! Donnez l'exemple ! »

Enseignements

Il y a deux types d'enseignement bouddhique : l'enseignement par les Écritures et l'enseignement par les réalisations. On aborde ces enseignements en ayant recours à des explications et à la pratique. Sous ce rapport, la communauté spirituelle a un rôle de premier ordre à jouer. Dans le christianisme, la communauté spirituelle joue également un rôle très important.

C'est en observant une communauté de moines bouddhistes que l'on peut juger si l'enseignement du Bouddha est une pratique vivante. On peut dire que, si cette communauté observe les trois pratiques monastiques de base, alors l'enseignement du Bouddha est toujours vivant. De même, les enseignements du

Christ doivent être vécus par la communauté chrétienne pour rester vivants.

Quand le Bouddha est parvenu à l'Éveil, il a entrepris d'enseigner les règles de la discipline pour guider les fidèles sur la voie du bouddhisme. Pour finir, le Bouddha a enseigné le *pratimoksha*, qui est pour nous la source des préceptes monastiques. On a coutume de dire que les Bouddhas enseignent à trouver le refuge, et que le *dharma* – l'enseignement des Écritures mis en pratique – est le véritable refuge. Les sœurs et les frères qui aident autrui à trouver ce refuge forment la communauté *sangha*. On dit que la *sangha* joue le même rôle que les infirmières et les infirmiers auprès des malades. Ainsi, la communauté est un groupe qui doit œuvrer et agir pour réaliser le *dharma* ici-bas. Sans la communauté, qui a assimilé les pratiques, la discipline, etc., il n'y a pas d'enseignement bouddhique. Lorsqu'une *sangha* – une communauté spirituelle – a parfaitement assimilé ces pratiques, le Bouddha peut avoir l'esprit tranquille, comme il l'a lui-même déclaré.

Le célibat

J'aimerais dire quelques mots à propos du célibat. Si la pratique en est commune aux moines chrétiens et bouddhistes, ainsi qu'aux nonnes, en revanche, nos idées diffèrent sur ce point.

Le but du bouddhisme est la *moksha* (libération), ou le *nirvana*. Qu'est-ce que le *nirvana ?* C'est l'anéantissement complet des émotions perturbatrices, au rang desquelles, selon toutes les écoles bouddhiques, le désir, ou l'attachement, est l'un des facteurs essentiels liant une personne à la souffrance au cours du cycle des existences. A cet égard, le désir sexuel est l'une des formes d'attachement les plus puissantes. Et puisque notre but est de triompher de ces attachements, la pratique du célibat prend toute sa valeur. C'est ainsi que les bouddhistes comprennent cette pratique.

La conception du célibat est peut-être différente chez les chrétiens, quoique le résultat soit le même. Bouddhistes et chrétiens estiment que tout membre d'un ordre monastique – ou le prêtre, pour les chrétiens – doit s'abstenir de tout rapport sexuel. Peu importent les raisons ; ce qui compte, c'est que la pratique du célibat est la même dans les deux traditions.

Cette pratique peut parfois donner l'impression d'aller à l'encontre de la nature humaine, puisque la sexualité est une force biologique naturelle indispensable à la reproduction des êtres humains. Il s'ensuit que le célibat n'est pas une voie facile. Mais en même temps, le célibat est très important du point de vue spirituel. C'est pourquoi la pratique du célibat requiert une ferme résolution.

Cela dit, il faut savoir que les rapports sexuels ont des inconvénients et que le célibat a des avantages. Pour s'en convaincre, qu'il suffise d'examiner le style de vie des laïques. Regardez par exemple ces couples inquiets qui n'ont pas d'enfant et qui désirent en avoir un. Et ces couples qui ont des enfants, mais qui s'inquiètent d'en avoir trop et pensent à la contraception. Voilà une décision difficile, sans parler de l'avortement. Tout cela trouble l'esprit et pèse sur la conscience. Fonder une famille, c'est perdre la moitié de sa liberté. Sans doute les gens qui ont une famille ou ceux qui ont des expériences amoureuses ont-ils une vie très animée. Moi, je crois que ce genre de vie vous écrase.

Le célibat est peut-être plus terne, mais il est beaucoup plus équilibré. A la longue, il est même excellent pour la santé : voilà un angle d'approche qu'il me paraît utile de considérer. Même à court terme, le célibat présente des avantages – tels que la stabilité de l'esprit. A long terme, il se révèle très utile si l'on emprunte la voie bouddhique pour se libérer du cycle des existences. Si l'on préfère suivre la voie chrétienne, le célibat permet de favoriser une plus grande dévotion à Dieu, de renforcer d'autres vertus d'ordre spirituel et de mieux servir autrui.

Les règles

Dans le bouddhisme, il existe des règles générales qui s'appliquent à tous les moines et à toutes les nonnes. Mais il existe aussi des règles particulières que l'on suit dans certains monastères. Il en va de même pour le christianisme : tous les moines et toutes les nonnes observent des règles générales, et certains ordres formulent des règles particulières. Ainsi, j'ai remarqué que, dans certains monastères chrétiens, chaque moine, lorsqu'il a fini de déjeuner, lave ses propres couverts. Je n'avais jamais vu cela !

Il est de la plus haute importance d'observer des règles strictes dans la vie monastique. Cela ne veut pas dire que ces règles doivent être imposées par la force. Il faut plutôt commencer par s'interroger soi-même et par se demander si, pour des raisons particulières, on est vraiment attiré par la vie monacale. Ensuite, si l'on a pris cette importante décision, il convient alors d'accepter de plein gré la discipline.

Dans toutes les traditions religieuses, les règles sont des soutiens essentiels pour la vie spirituelle. Certains de ces soutiens sont plus indispensables que d'autres pour développer la vie spirituelle. C'est pourquoi, dans notre religion, certaines pratiques doivent être observées de façon stricte, et d'autres de façon moins rigoureuse. Par ailleurs, il se trouve que certaines personnes sont plus strictes que d'autres. Pour ma part, je préfère être plus strict. Selon moi, la rigueur est très salutaire, car le relâchement dans la vie spirituelle est comme une petite faille qui ne demande qu'à s'agrandir. C'est pourquoi il est primordial d'être très strict dès le départ.

Le maître spirituel

Voici quelques remarques au sujet du maître spirituel – remarques utiles aux chrétiens comme aux bouddhistes.

Pour que la communauté spirituelle soit forte et harmonieuse, il lui faut des maîtres qui enseignent convenablement la voie et qui, pour cela, soient de véritables modèles. Enseigner la spiritualité n'est pas une question d'intellect. C'est par l'exemple que le maître doit montrer ce qu'il enseigne à ses disciples, hommes ou femmes. Il doit être lui-même un exemple vivant à leurs yeux. Alors ils éprouveront pour lui une estime et un respect véritables. A l'inverse, si le maître dit une chose mais fait le contraire, comment les élèves pourront-ils vraiment le respecter ? Comment ce maître pourra-t-il guider les élèves dans leur vie spirituelle ? On ne guide pas dans le domaine spirituel par la force, mais par le respect, le dévouement et le désintéressement. Il est capital de pouvoir suivre l'enseignement d'un maître de grande valeur – comme Thomas Merton.

Selon les textes bouddhiques, le maître doit posséder trois qualités différentes. Il doit être instruit, discipliné et généreux.

Selon une tradition tibétaine plus ancienne, il faut posséder savoir et discipline, mais sans que l'un fasse entrave à l'autre, et réciproquement. Il est certes indispensable d'associer savoir et discipline. Mais savoir et discipline seuls ne suffisent pas pour aider autrui, si l'on n'a pas aussi bon cœur.

Une relation spirituelle

La relation du maître et de son élève joue également un rôle fondamental. Puisqu'elle se développe dans un contexte religieux, elle affecte l'accomplissement des pratiques religieuses de l'élève. Le maître, en quelque sorte, n'est pas désigné. C'est l'élève qui choisit son maître et, parce que celui-ci possède certaines qualités spirituelles, en fait son *guru*.

Le rôle initial de l'élève est donc absolument crucial. Il doit observer, vérifier, rechercher la personne qui possède les qualités requises pour devenir son *guru*, et déterminer s'il peut ou non se fier à elle. Surtout au début, ce genre d'enquête ou de recherche est de la plus haute importance. Le risque est de choisir à la hâte une personne comme *guru* sans avoir suffisamment enquêté, pour s'apercevoir plus tard que cette personne n'est pas sans défauts et perdre le respect que l'on plaçait en elle. Rien n'est plus préjudiciable pour le pratiquant.

Parce que les qualités d'un bon maître revêtent une telle importance, le Bouddha lui-même a défini avec précision les diverses compétences que doivent posséder les maîtres, selon leur niveau. Par exemple, le Bouddha s'est attaché à décrire en détail les compétences du maître qui enseigne à des laïques, ou à ceux qui se préparent à être des novices, ou à ceux qui s'apprêtent à recevoir l'ordination définitive. A tous ces niveaux dans la communauté, le vrai *guru* – qui possède savoir, discipline et bon cœur – guide les pratiquants en les instruisant et en leur montrant son propre exemple.

Mes gurus

En ce qui me concerne, j'ai reçu l'enseignement de dix-sept *gurus* appartenant chacun à différentes lignées bouddhiques. L'un de mes deux précepteurs officiels, qui m'ont suivi pendant une très longue période, m'a donné l'ordination *bhiksu* lorsque j'étais âgé d'environ six ou sept ans. Puis il a pris l'entière responsabilité de mon éducation. J'étais petit, et je me rappelle qu'il souriait rarement. J'avais très peur de lui, et il lui arrivait de me gronder. C'est cela, la tradition tibétaine.

Parfois, le maître se sert même d'un fouet. Pour le jeune dalaï-lama, il y a un fouet particulier. Lorsque j'ai commencé mes études, le plus jeune de mes frères aînés était avec moi. Mon maître a donc préparé deux fouets, un pour moi et un pour lui, qui ne se différenciaient que par la couleur, puisque le mien était jaune. A part cela, ces fouets étaient identiques et faisaient aussi mal l'un que l'autre. La couleur n'y changeait rien ! Mon maître avait toujours ce fouet à portée de la main. Heureusement, il ne s'en est jamais servi sur moi. Mais il lui est arrivé de m'en menacer. Mon pauvre frère aîné, lui, a bénéficié des bienfaits du fouet en quelques rares occasions.

Je me rends compte aujourd'hui que, lorsque j'étais très jeune, ma façon de penser n'était pas la bonne. Aussi la sévérité de mon précepteur était-elle indiquée, comme le montrera l'anecdote suivante.

Quand j'étais petit, un *lama* du groupe chargé de me découvrir a – tout au début – assumé la fonction de précepteur suppléant. Comme il était très jovial et très calme, nous sommes devenus d'excellents amis. Quand il venait me donner ma leçon, au lieu de lire et de réciter mes prières, je montais à califourchon sur son dos et lui disais : « C'est vous qui devez réciter ! C'est vous qui devez lire ! » Voilà quel élève j'étais !

Comme le dit Aryadeva dans ses *Quatre cents stances sur les actes du bodhisattva,* un maître doit dialoguer avec ses élèves afin de déterminer avant tout quelle émotion les perturbe le plus profondément. Ce peut être l'orgueil, la combativité, le désir sexuel ou la confusion d'esprit : dans tous les cas, le maître doit agir en conséquence. Il devra donc traiter certains élèves avec une extrême gentillesse, et d'autres avec plus de sévérité, complimentant ceux-là et grondant ceux-ci. Mais sa réaction doit toujours être motivée par l'amour du prochain.

Je suis donc persuadé que la sévérité de mon précepteur était tout à fait justifiée. D'ailleurs, il prenait toujours soin de moi. C'est ainsi que, petit à petit, à mesure que je grandissais, mon précepteur s'est montré moins sévère. Il ne m'adressait jamais de reproches et me faisait pleinement confiance, souriant et riant toujours. Cela fait maintenant plus de dix ans qu'il est mort. Pourtant, il vient très souvent m'apporter l'inspiration dans mes rêves. C'était un maître excellent et un grand érudit. Cependant, il ne faisait jamais étalage de son savoir et montra toujours une grande humilité. Si on lui posait une question, il répondait : « Je ne sais pas. Je ne sais pas. » Il fallait insister pour qu'il donne des explications et, lorsqu'il s'exécutait, c'était merveilleux !

· 6 ·

La réalisation de l'objectif

J'ai expliqué le rôle du guide spirituel sur le chemin de la libération. J'aimerais maintenant m'attarder sur les moyens d'atteindre le *nirvana*, selon le bouddhisme.

Deux facteurs rendent la libération possible : 1) le fait que la nature de l'esprit est la « claire lumière » ; 2) le fait que les souillures de l'esprit sont fortuites et superficielles.

L'esprit de claire lumière

Si l'on postule que la nature de l'esprit est la claire lumière, on peut affirmer que, par nature, l'esprit est capable de connaître les objets. Donc, étant donné cette capacité d'appréhender les objets, la non-connaissance des objets ne tient pas à la nature de l'esprit, mais à un autre facteur qui fait obstacle à la connaissance. Par exemple, si vous placez votre main devant vos yeux, vous ne verrez plus rien. Cette impossibilité de voir ne résulte pas du fait que vos yeux soient incapables de voir par nature. Les yeux ont bien la capacité de voir, mais quelque chose gêne la vue : votre main.

Quels sont donc les facteurs qui s'opposent à la connaissance des objets ? Dans les recueils de paroles des *bodhisattvas*, il est fait mention de deux sortes d'obstacles : 1) les émotions perturbatrices, qui empêchent d'échapper au cycle des renaissances et des morts ; 2) les obstacles à la connaissance omnisciente.

L'ignorance

Dans les différents systèmes philosophiques bouddhiques, il y a mille façons d'identifier ces deux sortes d'obstacles. L'une de ces façons, que je voudrais vous présenter, est tirée des *Soixante-dix stances sur la vacuité*, un écrit de Nagarjuna. Selon lui, c'est faire preuve d'ignorance que de considérer ce qui résulte des causes et des circonstances comme possédant une existence en soi. Et de cette ignorance proviennent les douze maillons formant la chaîne d'interdépendance, qui assujettissent la vie au cycle des renaissances. Ainsi, selon Nagarjuna, l'ignorance est une conscience qui considère ce qui résulte de causes et de circonstances comme étant produit indépendamment et comme ayant une existence intrinsèque.

Maintenant, qu'est-ce que l'ignorance ? L'ignorance est une sorte de conscience qui ne connaît pas le véritable mode d'être des objets. Ce qu'elle conçoit est le contraire même de leur véritable mode d'être. Aryadeva l'a dit dans ses *Quatre cents stances sur les actions du bodhisattva* : « Le germe de l'existence cyclique est la conscience, et les objets représentent son domaine d'activité ; ainsi, quand on s'aperçoit que les objets n'ont pas d'existence en soi, le germe de l'existence cyclique meurt. »

« Le germe de l'existence cyclique est la conscience », dit textuellement Aryadeva. Si par « conscience », Aryadeva entend que la conscience en général – ou la conscience en tant que telle – est le germe de l'existence cyclique, alors il n'y a pas moyen d'y mettre un terme. En effet, la conscience possède la nature de la lumière et de la connaissance, et rien ne peut empêcher la conscience d'être par nature lumière et connaissance. Ainsi, Aryadeva fait bel et bien allusion à un type spécifique de conscience perturbatrice qui est à l'origine de l'existence cyclique.

Cela devient évident lorsque Aryadeva poursuit : puisque les objets sont le domaine d'activité de la conscience, s'il apparaît que les objets n'ont pas d'existence en soi, alors le processus de l'existence cyclique cessera. Dès lors, de quoi parle-t-on quand on parle de la non-existence des objets ? Écoutons encore Nagarjuna, dans son *Traité de la voie du milieu* : « Tout ce qui apparaît en relation d'interdépendance est vacuité. » Ce qui se manifeste en relation d'interdépendance avec d'autres facteurs se manifeste par rapport à quelque chose d'autre. Cela prouve que l'objet n'existe pas de façon intrinsèque. Qu'est-ce que cela nous apprend sur l'ignorance ? Que l'ignorance est une conscience pour laquelle ce qui n'existe pas en soi, ou ce qui n'existe pas par sa propre nature, existe en soi ou par sa propre nature.

En résumé, quand des objets situés à l'intérieur ou à l'extérieur du champ de conscience nous apparaissent, ils ne semblent pas être en corrélation. Ils semblent plutôt exister chacun en soi ou de façon autonome, par leur propre nature. Or, que les objets existent en soi n'est pas une réalité et peut être réfuté par le raisonnement, et il n'est pas pertinent d'affirmer ce que nie le raisonnement. Donc, si des objets semblent exister en soi, en fait, ils n'existent pas ainsi.

Par le raisonnement, on peut prendre conscience que les objets n'existent pas en soi ni de façon autonome. On peut progressivement se familiariser avec cette idée et rejeter la croyance en l'existence des objets en dehors de toute relation, étant donné que ces deux modes d'appréhension sont contradictoires. On peut donc affirmer que l'ignorance a un antidote. Et s'il existe un antidote à l'ignorance, il est donc possible d'éliminer l'ignorance. C'est pourquoi l'ignorance est réputée fortuite et superficielle, et c'est aussi pourquoi la libération est possible et à notre portée, comme le prouvent les deux facteurs suivants : 1) la nature de l'esprit est la claire lumière ; 2) les souillures de l'esprit sont superficielles.

Cette philosophie est très profonde. Elle ne cesse de m'émerveiller. Grâce à elle, j'ai la conviction que je comprends vraiment la réalité – la vacuité – et, grâce à cette conviction, j'ai le sentiment qu'il est possible de se débarrasser de toutes les émotions perturbatrices. Comme l'explique Nagarjuna dans son *Traité de la voie du milieu*, c'est en se débarrassant de son *karma* impur et des émotions perturbatrices que l'on peut se libérer, grâce à la sagesse. On parvient donc à la libération lorsqu'on a mis un terme aux actions impures et aux émotions perturbatrices. Mais quelle est l'origine du *karma* impur ou des actions impures ?

Les actions impures sont engendrées par des émotions perturbatrices. Ces émotions perturbatrices résultent d'une conceptualisation erronée, d'un dysfonctionnement de l'esprit. A quoi est dû ce dysfonctionnement de l'esprit ? Il est la conséquence de constructions mentales erronées, c'est-à-dire de constructions de l'esprit considérant que les objets ont une existence réelle, de façon autonome. Ces constructions finissent par disparaître quand on médite sur la vacuité.

Le nirvana

Qu'est-ce donc que le *nirvana* ? Les interprétations diffèrent selon les écoles bouddhiques. Pour Nagarjuna, et plus particulièrement Chandrakirti, le *nirvana* peut être défini comme une qualité de l'esprit. Mais quelle est donc cette qualité ? Elle n'a rien à voir avec une prise de conscience. Elle consiste à s'être débarrassé de toute souillure en appliquant les antidotes. En fin de compte, si l'on veut vraiment savoir ce que c'est, il apparaît que c'est la nature fondamentale de l'esprit.

La nature fondamentale de l'esprit existe depuis que l'esprit existe, c'est-à-dire depuis la nuit des temps. Ainsi, la nature fondamentale de l'esprit est en nous depuis l'origine. Mais c'est seulement quand l'esprit atteint le stade où il s'est débarrassé de toute souillure, grâce aux antidotes, que l'on peut appeler *nirvana* cette nature fondamentale de l'esprit. Nous possédons toujours en nous ce qui constitue la base et le fondement même du *nirvana*. Ce n'est pas quelque chose que nous devons chercher à l'extérieur. Aussi certains pratiquants zen affirment-ils qu'il ne faut pas aller chercher la bouddhéité à l'extérieur, puisqu'elle se trouve déjà en nous.

Autre particularité : l'existence cyclique *(samsara)* et le *nirvana* sont identiques. Cela signifie que la nature ultime de tous les phénomènes, et pas seulement celle de l'esprit, est identique. Si nous considérons les phénomènes, nous constatons qu'ils sont nombreux et variés, et qu'ils relèvent du bien ou du mal. Mais quand nous considérons leur nature ultime, nous découvrons que, en fin de compte, elle a toujours la même « saveur ». C'est pourquoi il est dit que cette saveur unique est multiple et que le multiple a une seule saveur.

De ce point de vue, on ne doit pas considérer l'existence cyclique comme un mal, ni le *nirvana* comme un bien. Disons plutôt qu'il y a identité entre la nature de l'existence cyclique et la nature ultime du *nirvana*. C'est ce qu'expliquent les *soutras* et les *tantras*. Le Grand Système de la Totalité exposé par l'école tibétaine Nyingma insiste particulièrement sur ce point.

Dieu et le yoga des déités

Nous avons parlé du *nirvana*, qui est le but que nous propose le bouddhisme. Cependant, s'affranchir des émotions perturbatrices ne peut être qu'utile à tous les croyants de toutes les grandes religions. Notre analyse, espérons-le, pourra également rendre service aux chrétiens. Bien sûr, pour les chrétiens, le but de la vie spirituelle est aussi l'union avec Dieu. Ce but est différent du *nirvana* tel que je viens de le définir. Mais j'ajoute que, si je définis le Dieu des chrétiens comme « amour infini », les bouddhistes peuvent très bien reprendre cette interprétation à leur compte.

Nos traditions ont un autre point commun : nous admettons l'existence d'êtres supérieurs. Pour les bouddhistes, les Bouddhas, les *bodhisattvas* et les *arhats* sont des êtres supérieurs. Ils se distinguent du dieu des chrétiens en ceci qu'ils n'ont pas toujours joui de ce statut élevé. C'est en pratiquant la spiritualité qu'ils sont devenus des êtres supérieurs. Comparés à nous, ils se situent à un niveau supérieur. C'est ainsi qu'on les considère.

Dans une certaine mesure, nous pouvons faire appel à ces êtres supérieurs par la prière.

Ils peuvent nous accorder des faveurs sous forme de bénédictions. Mais, en fin de compte, nous attachons tout de même plus d'importance à nos propres efforts sur le plan spirituel. Selon les différentes traditions bouddhiques, même ces êtres supérieurs ne sont parvenus là où ils sont que grâce à leur pratique religieuse. C'est pourquoi nous aussi mettons l'accent sur nos propres efforts et sur notre pratique. En gardant tout ceci présent à l'esprit, j'aimerais maintenant vous parler du yoga des déités.

L'objectif principal du yoga des déités n'est pas l'adoration, ni la recherche des bénédictions, ni rien de semblable. Son but principal est de réconcilier la motivation et la sagesse. Comment y parvenir ? En faisant preuve de la sagesse qui prend conscience de la vacuité et en usant de cette sagesse pour lui conférer l'apparence d'un être idéal, c'est-à-dire d'une déité. Dans cette perspective, l'objectif principal du yoga tantrique du plus haut niveau est de réduire au minimum le plan le plus grossier de la conscience et de faire surgir l'esprit subtil qui se trouve au plus profond de notre être. Dès lors que l'esprit subtil est actif, il peut se transformer en sagesse capable d'appréhender la vacuité.

Cette transformation de l'esprit subtil est capitale. Voici pourquoi. Un niveau plus grossier de la conscience qui appréhende la vacuité – la vacuité de l'existence en soi des phénomènes – peut fort bien servir d'antidote aux souillures, mais, puisqu'on peut faire appel au niveau plus subtil de la conscience et la transformer en conscience-sagesse qui appréhende la vacuité, et puisque ce niveau subtil de la conscience est plus puissant, il est par conséquent bien plus efficace pour éliminer les obstacles. Et c'est en procédant ainsi que l'on progresse sur la voie du *nirvana*.

Un but pour tous

Pour finir, j'aimerais faire remarquer que la religion n'a pas pour fin d'édifier des églises ou des temples magnifiques, mais de développer des qualités humaines positives telles que la tolérance, la générosité et l'amour. L'un des fondements du bouddhisme et du christianisme, comme de toutes les grandes religions du monde, est la croyance en la nécessité de réfréner notre égoïsme et de servir autrui.

Chaque religion, chaque culture a ses caractéristiques spécifiques. Depuis des siècles, les Tibétains insistent sur la nécessité de cultiver et d'entretenir des qualités telles que la compassion et la sagesse. Pour nous, elles importent davantage que l'acquisition de richesses matérielles, la renommée ou le succès. Nous considérons la force intérieure, la douceur, l'amour, la compassion, la sagesse, la stabilité de l'esprit, comme les trésors les plus précieux qu'un être humain, homme ou femme, puisse amasser tout au long de sa vie.

Cependant, je n'ignore pas que cette quête intérieure peut conduire à une sorte d'autosatisfaction paisible. Sur ce point, j'estime que nous, bouddhistes, avons beaucoup à apprendre de nos frères et sœurs de confession chrétienne. Nous savons tous que la prière et la méditation peuvent nous apporter la paix intérieure, mais nos amis chrétiens ont peut-être une plus grande expérience que nous dès lors qu'il s'agit de mettre généreusement et dans les faits cette paix intérieure au service d'autrui.

A mon sens, il est de la plus haute importance pour nous tous d'apprendre à mieux comprendre les pratiques et les traditions spirituelles des uns et des autres, non pas nécessairement pour les adopter nous-mêmes, mais pour saisir toutes les opportunités de nous respecter mutuellement. Par ailleurs, il peut nous arriver de découvrir dans une autre tradition religieuse un élément susceptible de nous permettre de mieux apprécier certains aspects de la nôtre.

Toutes les religions, malgré des philosophies divergentes, peuvent rendre l'être humain sensible et généreux. Nous avons donc d'excellentes raisons d'estimer et de respecter toutes les formes de pratique spirituelle susceptibles de rendre les hommes meilleurs et de contribuer à répandre dans le monde le bonheur et la paix.

Glossaire

ARHAT (lit. « destructeur de l'ennemi », ou « celui qui détruit ses passions ») : pratiquant qui a accompli la voie du Hinayana. Il a « détruit » les émotions perturbatrices telles que l'attachement, la colère, l'ignorance, etc. Dans un sens plus général, l'*arhat* se réfère aussi aux hauts *bodhisattvas* et aux Bouddhas.

BHIKSU : moine pleinement ordonné qui fait partie d'un ordre mendiant ou contemplatif.

BODHISATTVA : adepte du Mahayana qui a atteint un haut niveau de perfection. Toute personne qui s'engage sur la voie de la bouddhéité pour le bien de tous les êtres vivants.

BODHISATTVAYANA : voie d'un *bodhisattva*.

BOUDDHA SHAKYAMUNI : littéralement, « l'ascète » ou « le sage du clan Shakya ». Autre nom donné au Bouddha historique (Siddharka Gautama, VIe siècle av. J.-C.), ainsi appelé parce que sa famille était de la lignée des Shakya.

DHARMA : doctrine du Bouddha, qui incorpore à la fois les traditions scripturales et les traditions propres à l'expérience. Ce terme désigne aussi toute vérité, et en particulier la loi religieuse.

HINAYANA (lit. « le petit véhicule ») : désigne l'une des deux principales écoles de bouddhisme, fondée sur les premiers enseignements du Bouddha ; le but est le *nirvana* personnel, et la voie consiste principalement en la pratique des trois entraînements supérieurs : ceux de l'éthique, de la concentration et de la sagesse.

KARMA (lit. « action ») : processus d'évolution déterminé par les actions du corps, de la parole et de l'esprit. Le *karma* est la loi inéluctable de cause à effet. Tout ce qui arrive est la conséquence du passé. Chaque action, chaque pensée, fût-elle insignifiante, sème une graine qui, un jour, mûrira. Ainsi, une action négative produit la graine de la souffrance future, et une action fondée sur la bonté, la graine du bonheur.

LAMA (lit. « celui qui n'a pas d'égal ») : équivalent tibétain du terme *guru*. Maître spirituel, en général un moine de rang élevé, que vénèrent également religieux et laïques.

MADHYAMIKA : l'une des écoles du bouddhisme.

MAHAYANA (lit. « le grand véhicule ») : véhicule au sein duquel on prend refuge dans les écritures révélées après la mort du Bouddha, ainsi que dans les écritures précédentes acceptées par le *hinayana*. Contrairement au *hinayana*, dont la base est le renoncement, le fondement du *mahayana* est la grande compassion, et son but, plutôt que le *nirvana* individuel, est la bouddhéité universelle.

MANTRA : regroupement de sons sacrés qui, s'ils sont récités en connexion avec une méditation correcte, produisent un effet magique ou magico-spirituel. Chaque système tantrique utilise de nombreux *mantras*.

MOKSHA : libération, c'est-à-dire affranchissement du cycle des renaissances.

NIRVANA (lit. « éteint ») : accomplissement *hinayana* de l'état d'*arhat*, ou de libération individuelle du *samsara*. Cet état de sérénité parfaite et d'illumination marque l'extinction du *karma*, des émotions perturbatrices, de tout désir et de toute pensée.

PRATIMOKSHA : code monastique qui comprend quelque deux cents règles et préceptes auxquels sont soumis les moines bouddhistes.

SAMSARA : existence cyclique.

SANGHA : communauté monastique composée de moines ou de nonnes bouddhistes. De façon plus générale, ensemble des personnes engagées sur la voie du *dharma*.

SGOM : mot tibétain pour « méditation ».

SOUTRA : texte contenant les enseignements exotériques du Bouddha. Les *soutras* sont de deux sortes : *hinayana* et *mahayana*.

TANTRA : enseignements ésotériques du Bouddha. *Tantra* signifie littéralement « courant » ou « fil » : le courant ou le fil de la sagesse innée qui embrasse toute expérience.

TANTRAYANA : véhicule des *tantras*.

THERAVADA (lit. « la voie des anciens ») : se réfère aux traditions les plus anciennes du bouddhisme (voir aussi *hinayana*).

Table

Remerciements

J'aimerais adresser mes remerciements à tous ceux qui m'ont apporté leur soutien et leur concours pendant la préparation de cet ouvrage : le MID, l'Office du Tibet, l'abbaye de Gethsémani, sœur Mary Margaret Funk, frère James Wiseman, Gene Gollogly, Frank Oveis, Doris Cross, Jeffrey Hopkins, Kristen Mitchell et, bien sûr, Sa Sainteté le dalaï-lama.

Donald W. Mitchell

Du même auteur

Pratiques de la voie spirituelle
Trismégiste, 1987

L'Enseignement du Dalaï-Lama
Albin Michel, 1987

Mon pays et mon peuple
Olizane éditeur, 1988

Enseignements essentiels
Albin Michel, 1989

Ainsi parle le Dalaï-Lama
Entretiens avec Claude B. Levenson
Balland, 1990
« Le Livre de poche », 1994, n° 13563

Au loin la liberté
Fayard, 1990
« Le Livre de poche »,1993, n° 9726

Cent Éléphants sur un brin d'herbe
Enseignements de sagesse
Seuil, 1990
et « Points Sagesses », 1997, n° 120

Comme un éclair déchire la nuit
Albin Michel, 1992

La Méditation au quotidien
Olizane éditeur, 1992

Esprit science
Dialogue Orient-Occident
Claire Lumière, 1993

Une politique de la bonté
Claire Lumière, 1993

Au-delà des dogmes
Albin Michel, 1994

La Force du bouddhisme
Laffont, 1995
« Pocket », 1996, n° 4455

Terre des dieux, malheur des hommes : sauver le Tibet
Lattès, 1995
« Le Livre de poche », 1996, n° 14044

Passerelles
Albin Michel, 1995

Clarté de l'esprit, lumière du cœur
Calmann-Lévy, 1995

La Voie de la liberté
Calmann-Lévy, 1995

Samsâra : la vie, la mort, la renaissance
Pré-aux-clercs, 1996
« Pocket », 1997, n° 10200

La vie est à nous
Albin Michel, 1996
« Pocket », 1998, n° 10481

Tant que durera l'espace
Albin Michel, 1996

Le Dalaï-Lama parle de Jésus
Brepols, 1996
« J'ai Lu », 2000, n° 4977

Le Monde du bouddhisme tibétain
La Table ronde, 1996
« Pocket », 1998, n° 4801

Le Sens de la vie
Dangles, 1996
« J'ai lu », 2000, n° 4977

La Voie de la félicité
Ramsay, 1997
« Pocket », 1999, n° 4808

Comme la lumière avec la flamme
Le Rocher, 1997

La Puissance de la compassion
Presses de la Renaissance, 1997
« Pocket », 2001, n° 4809

La Voie de la lumière
Presses du Châtelet, 1997
« J'ai lu », 2001, n° 5370

Quand l'esprit dialogue avec le corps
Trédaniel, 1997

La Lumière du dharma
« Pocket », 1997, n° 4800

Questions à Sa Sainteté le Dalaï-Lama
La Table Ronde, 1997

Du bonheur de vivre et de mourir en paix
Calmann Lévy, 1998
Seuil, « Points Sagesses », 1999, n° 147

Guérir la violence
Plon, 1998
« Pocket », 2000, n° 10733

Introduction au bouddhisme tibétain
Dervy, 1998

Dormir, rêver, mourir
NiL éditions, 1998

Méditation sur l'esprit
Dervy, 1998

Un voyage vers le bonheur
Éditions Vajra Yogini, 1999

Sourire et Philosophie
Ramsay, 1999

Pacifier l'esprit
Albin Michel, 1999

La Compassion universelle
Entretiens avec Edmond Blattchen
Alice, 1999

Sagesse ancienne, monde moderne
Fayard, 1999

La Voie vers la paix
Trédaniel, 1999

Les Meilleures Blagues du Dalaï-Lama
Hors collection, 1999

Le Yoga de la sagesse
Presses du Châtelet, 1999
Seuil, « Points Sagesses », 2000, n° 294

L'Art du bonheur
Laffont, 1999
« J'ai Lu », 2001, n° 5615

Le Pouvoir de l'esprit
Fayard, 2000

Ouvrir l'œil de la nouvelle conscience
Courrier du livre, 2000

La Compassion et l'individu
Actes Sud, 2000

Sages Paroles du Dalaï-Lama
Éditions 1, 2001

Les Étapes de la méditation
Trédaniel, 2001

Cinq Entretiens avec le Dalaï-Lama
Marabout, 2001

Préceptes de vie du Dalaï-Lama
Presses du Châtelet, 2001

L'Art de la paix
Presses du Châtelet, 2001

Océan de sagesse
« Pocket », 2001, n° 3513

Paix des âmes, paix des cœurs
Presses du Châtelet, 2001

L'Initiation de Kalachakra
Desclée de Brouwer, 2001

Conseil du cœur
Presses de la Renaissance, 2001

La Sagesse transcendante
Kunchab, 2001

Comment pratiquer le bouddhisme ?
Plon, 2001

La Voie de la sérénité
Éditions du Gange, 2001

IMPRESSION : NORMANDIE ROTO IMPRESSION S.A.S. À LONRAI
DÉPÔT LÉGAL : AVRIL 2002. N° 54181-2 (092454)
Imprimé en France

Collection Points

SÉRIE SAGESSES

dirigée par Vincent Bardet et Jean-Louis Schlegel

DERNIERS TITRES PARUS

Sa188. Machik Labdron, Femmes et Dakini du Tibet
par Jérôme Edou
Sa189. La Vraie Loi, trésor de l'œil, *par Maître Dogen*
Sa190. Les Voies spirituelles du bonheur
par Sa Sainteté le Dalaï-Lama
Sa191. Moïse et la Vocation juive, *par André Neher*
Sa192. La Voie du tantra, *par Ajit Mookerjee et Madhu Khanna*
Sa193. Mythes incas, *par Gary Urton*
Sa194. L'Initiation de Kalachakra, *par Alexander Berzin*
Sa195. Patañjali et le Yoga, *par Mircea Eliade*
Sa196. Préceptes de vie du Mahatma Gandhi, *par Henri Stern*
Sa197. Rabbi Siméon bar Yochaï et la Cabbale, *par Guy Casaril*
Sa198. La Vie de Naropa, *anonyme*
Sa199. La Quête de la Sagesse, *anonyme*
Sa200. Saint Thomas d'Aquin et la théologie,
par Marie-Dominique Chenu
Sa201. L'Esprit du zen, *par Alan Wilson Watts*
Sa202. Rûmî et le Soufisme, *par Eva de Vitray Meyerovitch*
Sa203. Dzogchen, *par Sa Sainteté le Dalaï-Lama*
Sa204. Les Chants de l'île à dormir debout, *par Élizabeth Inandiak*
Sa205. Mythes russes, *par Elizabeth Warner*
Sa206. Mani et la tradition manichéenne, *par François Decret*
Sa207. Mythes chinois, *par Anne Birrell*
Sa208. La Vie merveilleuse des 84 grands sages de l'Inde ancienne
par Abhayadatta
Sa209. Enseignements secrets, *par Chögyam Trungpa*
Sa210. Mots d'esprit de l'humour juif, *par Victor Malka*
Sa211. Sermons du Bouddha, *par Môhan Wijayaratna*
Sa212. Manuscrits autobiographiques
par Sainte Thérèse de l'Enfant Jésus
Sa213. Zarathushtra et la tradition mazdéenne, *par Jean Varenne*
Sa214. Au cœur de l'éveil, *par Sa Sainteté le Dalaï-Lama*
et le Vénérable Maître chan Sheng-Yen
Sa215. Le Bouddhisme, *par Peter Harvey*
Sa216. Saint Paul, *par Claude Tresmontant*
Sa217. Épictète et la Spiritualité stoïcienne, *par Gabriel Germain*
Sa218. Les Grands Sages du judaïsme, *par Victor Malka*
Sa219. Le chemin est le but, *par Chögyam Trungpa*

Sa220. La Fin de la souffrance, *par Pankaj Mishra*
Sa221. Promenade avec les dieux de l'Inde, *par Catherine Clément*
Sa222. Le Phénomène humain, *par Pierre Teilhard de Chardin*
Sa223. Frère François. Vie de François d'Assise, *par Julien Green*
Sa224. Saint Ignace de Loyola, *par Alain Guillermou*
Sa225. Le Sens du bonheur, *par Krishnamurti*
Sa226. Sainte Thérèse d'Avila et l'Expérience mystique *par Emmanuel Renault*
Sa227. Les Étapes de la méditation, *par Kamalashila*
Sa228. Soyez heureux, *par Jean-Marie Lustiger*
Sa229. La Raison d'être, *par Jacques Ellul*
Sa230. Miyamoto Musashi. Maître de sabre japonais du XVIIe siècle *par Kenji Tokitsu*
Sa231. Thérèse de Lisieux. La Confiance et l'Abandon *par Patrick Autreaux*
Sa232. François d'Assise. La Joie parfaite *par Stéphane Barsacq*
Sa233. Saint Augustin. Le Temps de Dieu, *par Éric Bidot*
Sa234. Thérèse d'Avila. L'aventure de Dieu *par Véronique Donard*
Sa235. Saint Jean de la Croix, *par Elyane Casalonga*
Sa236. Charles de Foucauld. L'explorateur fraternel *par Antoine de Meaux*
Sa237. Maître Eckhart. Être Dieu en Dieu, *par Benoit Beyer de Ryke*
Sa238. Catherine de Sienne. Le Feu de la sainteté *par Christiane Rance*
Sa239. Bibliothérapie, *par Marc-Alain Ouaknin*
Sa240. Dieu comprend les histoires drôles, *par Victor Malka*
Sa241. Gesar de Ling, *par Douglas J. Penick*
Sa242. Les Dix Commandements, *par Marc-Alain Ouaknin*
Sa243. Trois soutras et un traité de la Terre pure, *par Jean Eracle*
Sa244. Rainer Maria Rilke. L'amour inexaucé, *par Fabrice Midal*
Sa245. Simone Weil. Le ravissement de la raison *par Stéphane Barsacq*
Sa246. Padre Pio. Le témoin, *par Joachim Bouflet*
Sa247. Le Soufisme, voie intérieure de l'islam, *par Éric Geoffroy*
Sa248. Se voir tel que l'on est, *par Dalaï-Lama*
Sa249. Sermons 2, *par Johannes Eckhart (Maître)*
Sa250. Trois Leçons sur la méditation vipassanā *par Satya Narayan Goenka, William Hart*
Sa251. Préceptes de vie de Confucius, *par Alexis Lavis*
Sa252. Petit Livre de la sagesse des moines, *par Henri Brunel*
Sa 253. Shankara. Le libéré vivant *textes choisis et établis par Michel Angot*
Sa 254. Bouddha. Le diamant et le feu *textes choisis et établis par Carisse Busquet*